Vida de artista

HENRY JAMES

Vida de artista
QUATRO CONTOS SOBRE PINTORES

Tradução
CLÁUDIO FIGUEIREDO

Rio de Janeiro, 2012

Título dos originais em língua inglesa
"The story of a masterpiece", "The Madonna of the future", "The liar" e "The Beldonald Holbein".

Reservam-se os direitos desta edição à
EDITORA JOSÉ OLYMPIO LTDA.
Rua Argentina, 171 – 3º andar – São Cristóvão
20921-380 – Rio de Janeiro, RJ – República Federativa do Brasil
Tel.: (21) 2585-2060
Printed in Brazil / Impresso no Brasil

Atendimento direto ao leitor:
mdireto@record.com.br
Tel.: (21) 2585-2002

ISBN 978-85-03-01132-7

Capa: FOLIO DESIGN
Foto de capa: FRATELLI ALINARI/ALINARI (VIA GETTY IMAGES)

Livro revisado segundo o novo Acordo Ortográfico da Língua Portugues

CIP-BRASIL. CATALOGAÇÃO NA FONTE
SINDICATO NACIONAL DOS EDITORES DE LIVROS, RJ

	James, Henry, 1843-1916
J29v	Vida de artista: quatro contos sobre pintores / Henry James; [seleção, introdução e tradução de Cláudio Figueiredo]. – Rio de Janeiro: José Olympio, 2012.
	208p.

Tradução dos originais em inglês
ISBN 978-85-03-01132-7

1. Conto americano. I. Figueiredo, Cláudio. II. Título.

CDD: 813
12-4709 CDU: 821.111(73)-3

SUMÁRIO

Introdução	7
A história de uma obra-prima	15
A madona do futuro	59
O mentiroso	109
O Holbein de Beldonald	177

INTRODUÇÃO

Cláudio Figueiredo

No fim da vida, já aos 70 anos, numa de suas últimas obras — um livro de reminiscências intitulado *A small boy and others* — Henry James transmitiu a seus leitores a descrição de um sonho particularmente vívido, considerado pelo escritor "o mais assustador e, apesar disso, o mais admirável pesadelo da minha vida". Tomando como matéria-prima uma recordação de infância, o sonho o assombrou já no período adulto, para ser, enfim, registrado quando o romancista era um septuagenário — uma experiência, portanto, suficientemente marcante para atravessar uma existência inteira. No pesadelo, depois de ser aterrorizado por um perseguidor, é ele quem passa a seguir no encalço do personagem misterioso, que foge por corredores intermináveis: "Meu visitante já não passava agora de uma mancha diminuta no fim de uma longa perspectiva, o magnífico, glorioso salão, com seu piso brilhante [...] enquanto uma tempestade de trovões e raios podia ser vista através das altas janelas à direita."

Especialmente relevante era o cenário do sonho: "Pois que outro lugar no mundo exibiria janelas profundas e um piso tão lustroso a

7

não ser a Galerie d'Apollon da minha infância?" A galeria, decorada com afrescos retratando temas mitológicos pintados por artistas famosos, era um dos espaços imponentes do Museu do Louvre, visitado por James pela primeira vez aos 12 anos. Muito tempo depois, o escritor evocaria com emoção a visita que levou a criança a se ver em meio àquela profusão de pinturas: "Diante delas, fiquei como que subjugado e perplexo. Era como se tivessem se reunido ali num coro vasto e ensurdecedor."

O que gritavam essas pinturas no ouvido de um escritor que ao longo de tantos anos manteve uma relação especial com o universo das artes visuais? De "The Landscape Painter" (1866), conto do início de sua carreira, até *The Outcry* (1911), novela de seus últimos anos de vida, passando por romances como *Roderick Hudson* e *The Tragic Muse*, o tema da pintura e dos artistas perpassa sua obra ao longo de décadas. Amigo de pintores, o escritor incorporou ao seu arsenal de crítico literário parte da terminologia empregada pelos artistas. Intitulou um de seus romances *Retrato de uma senhora*, chamava de *portraits* seus relatos de viagem de determinados lugares e deu a uma coleção de ensaios o título de *Partial Portraits*. Todos esses indícios, com maior ou menor ênfase, apontam para a afinidade que percebia entre sua função de escritor e o papel do artista, em particular o pintor de retratos, tema dos quatro contos reunidos nesta coletânea.

*

Considerado o grande nome fundador do realismo americano, Henry James nasceu em Nova York, em 1843, e morreu em Londres, em 1916, um ano depois de se ter naturalizado cidadão britânico. Viveu sua juventude num país, os Estados Unidos, mergulhado na Guerra Civil, e morreu na Inglaterra, quando a Europa se via dilacerada pela Primeira Guerra Mundial. Ao contrário de dois de seus irmãos mais novos, que lutaram na Guerra da Secessão, o escritor não foi diretamente afetado por nenhuma dessas catástrofes, levando uma vida pacata, desprovida de quaisquer acontecimentos dramáticos, ou mesmo dos elementos mais simples que costumam marcar uma vida prosaica, como casamento e filhos. Sua existência foi animada apenas por intensa atividade social. Cinquenta e três anos de sua vida adulta passaram-se em Londres, onde, depois de cada período de ausência, costumava encontrar sobre a cômoda uma pilha de convites para jantares e recepções. Mais que social, seu interesse aqui era profissional: nessas ocasiões, o escritor assumia a condição de observador atento, que saía em busca de matéria-prima para seus contos, romances e novelas.

Apesar de passar a infância em Manhattan, desde criança alternou a vida nos Estados Unidos com viagens cada vez mais frequentes à Europa, onde acabaria por se instalar definitivamente em 1876, em Londres, cidade na qual escreveu a maior parte de sua obra. O confronto entre o Novo e o Velho Mundo, entre uma suposta inocência americana e a experiência e os complexos códigos sociais da Europa, seria um de seus principais temas. Famoso por seus períodos tortuosos e frases labirínticas, o estilo rebuscado de James reflete a sutileza da análise psicológica a que o escritor submetia de forma implacável seus personagens, procurando examinar à exaustão seus sentimentos e opiniões, assim como seus motivos, fossem manifestos ou dissimulados.

Autor altamente intelectualizado, Henry James distinguiu-se também pelo empenho em refletir e discutir todos os aspectos de seu ofício de escritor. Além de um livro inteiro dedicado a Nathaniel Hawthorne, publicou mais de uma coletânea de ensaios críticos sobre escritores americanos e também europeus, como Balzac, Dickens, Flaubert, George Sand e Turguêniev, de quem chegou a ser amigo. É, portanto, compreensível que, ao lado do tema das relações América-Europa, outro grande filão a alimentar sua ficção tenha sido o do paralelo entre arte e vida, daí o grande número de escritores e pintores entre seus personagens.

Ao comentar o que o teria motivado a escrever um dos romances sobre o assunto, *The Tragic Muse* (1890), Henry James confessou que sempre havia alimentado o desejo de traçar um "quadro dramático da 'vida de artista'". A aspiração era tão antiga que ele não saberia localizar precisamente sua origem. "Fazer 'alguma coisa sobre arte' — arte entendida como uma complicação humana e como um obstáculo em termos da vida social" era um objetivo que o acompanhava desde o início de sua carreira de escritor. O motivo, explicou, era que "o conflito entre arte e 'o mundo'" sempre lhe pareceu "um da meia dúzia de grandes temas primordiais" para um autor. "Complicação" e "obstáculo", observe-se aqui, são duas palavras significativas para um inimigo declarado da facilidade — compreendida seja como uma literatura digestiva, seja como uma visão simplista da vida e do mundo.

Apesar de ainda jovem ter chegado a manusear lápis e pincel, foi indiretamente, por meio de seu irmão William James, que o futuro escritor se familiarizou com o universo dos pintores e ateliês. William, que mais tarde se tornaria conhecido como pensador, pioneiro da psicologia e autor de *As variedades da experiência religiosa*, desde cedo mostrou talento para o desenho. Com menos de 20 anos, começou a ter aulas com o pintor William Morris Hunt, em Newport, nos Estados Unidos. Seguindo os passos do irmão, Henry decidiu estudar com o mesmo professor, travando assim seu primeiro contato com um artista e seu estúdio, com suas telas, esculturas, clientes, retratados, modelos vivos ou em gesso, compondo uma atmosfera que exploraria repetidamente em suas histórias.

Cercado por esses elementos, o escritor se lembraria do tempo em que passou sozinho no ateliê espaçoso, tentando reproduzir a cópia de um fragmento da escultura de Michelangelo que, anos antes, vira no Louvre. Porém, certo dia, ao ver a facilidade com que William reproduzia um modelo vivo, o futuro escritor se convenceu de que não tinha a menor chance de rivalizar com o irmão. Decidiu guardar para sempre seu lápis no estojo. A experiência, no entanto, não seria em vão. Em um colega seu de estúdio, o também aprendiz e futuro pintor John La Farge, James encontrou uma das primeiras pessoas a levar a sério a atração que sentia pela literatura. Se o amigo o convenceu a desistir das artes plásticas, estimulou-o, por outro lado, a escrever. Mais importante, apontou a afinidade existente entre as duas atividades: "As artes, afinal de contas, são, essencialmente, uma só", observara o companheiro.

La Farge apresentou-o a *La Venus d'Ille*, de Prosper Merimée, história que, de modo significativo, gira em torno de uma escultura. Fascinado pelo conto, o jovem James o traduziu, tentando — ainda que sem sucesso — publicá-lo numa revista americana. Foi também pelas mãos do pintor que o escritor entrou pela primeira vez no universo de *A comédia humana*, de Balzac. Anos mais tarde, ao reler *Eugénie Grandet*, com total concentração e com as instruções de La Farge ainda na memória, o escritor "enxergaria o rosto do meu jovem mentor, de feições tão irregulares, porém tão refinadas, olhando para mim por entre as linhas, como se espiasse por entre as barras difusas de uma cela". Os leitores desta coletânea perceberão, aliás, uma afinidade entre o tema de "A madona do futuro" e o do romance de Balzac *A obra-prima ignorada*, em que artistas perseguem em vão o espectro da obra de arte perfeita.

La Farge não foi o único pintor conhecido de James, que também contou entre seus amigos com James Whistler e principalmente John Singer Sargent, um dos grandes retratistas americanos do

11

século XIX. O artista, aliás, pintou um quadro de James em 1913, ao longo de doze sessões em seu estúdio. O escritor vivenciou, portanto, a experiência de posar para um retrato — tão rica e complexa em termos psicológicos e artísticos e por ele explorada em histórias como "O mentiroso", escrita 24 anos antes. Ao mencionar essa história, numa das introduções da chamada New York Edition de suas obras, ele relembrou o exato momento e as condições em que lhe ocorreu pela primeira vez a ideia para essa novela. Como em outras ocasiões, o tema lhe fora servido numa bandeja, durante um das centenas de jantares a que compareceu em Londres. "Por que fatal desígnio do destino me vi colocado naquele jantar, numa noite de outono, naqueles velhos tempos em Londres, frente a frente com aquele cavalheiro, a quem encontrava pela primeira vez, apesar de conhecê-lo de nome e de fama", pergunta-se o escritor. Referia-se à figura que inspirou o principal personagem de seu conto, juntamente com sua esposa, sentada algumas cadeiras adiante, "serena e encantadora, mas cujo olhar jamais se detinha diretamente em nossos olhos".

Na mesma história, numa cena significativa, o escritor certamente se coloca no papel do pintor de retratos Oliver Lyon. Este, acabando de chegar a um jantar, vê-se diante da mesa repleta de convidados e descobre com prazer

> que lhe sobrava tempo para se entregar à sua distração favorita, examinando um rosto depois do outro. Essa diversão lhe proporcionava o maior prazer que conhecia e, muitas vezes, chegava à conclusão de que era uma bênção o fato de a máscara humana interessá-lo assim, e que isso não era menos vívido agora do que fora antes (às vezes, seu sucesso dependia estritamente disso), já que estava destinado a ganhar a vida reproduzindo-a.

A ideia perseguia o romancista, pois, ainda que em outro contexto, em um de seus muitos artigos dedicados a artistas e ao universo das artes plásticas, ele volta ao tema do pintor de retratos e, com uma ponta de inveja, calcula as recompensas proporcionadas pela experiência: "Um espectador que estivesse em busca de uma forma diferente de representação (refiro-me com isso a outro ofício) poderia especular o que isso teria significado para si mesmo, ter sentido e imaginado, com tamanha intensidade, durante uma carreira tão longa, tamanha quantidade de vida absolutamente digna de atenção. Isso só poderia ter consistido numa grande aventura, numa espécie de experiência emocionante vivida de forma indireta."

Viver através dos outros, portanto. Aqueles habituados a escritores de vidas aventurescas, que abatem rinocerontes na África, participam de guerras e revoluções, seduzem lindas mulheres e se embrenham por florestas tropicais, dificilmente classificariam de "grande aventura" ficar examinando os semblantes e dissecando as emoções dos participantes de um jantar. Para James, contudo, nada poderia ser mais emocionante. Os aposentos vitorianos com sua atmosfera abafada e seus habitantes encasacados constituem o palco para seus dramas, compõem a selva na qual sai à caça de emoções e sentimentos ocultos ou sufocados. Afinal, como reflete a certa altura o pintor do seu conto, "não estaria pintando retratos há tantos anos sem se ter tornado uma espécie de psicólogo".

A história de uma obra-prima

I

No último verão, durante uma estada de seis semanas em Newport, John Lennox ficou noivo da Srta. Marian Everett, de Nova York. O Sr. Lennox era viúvo, sem filhos e dono de um patrimônio respeitável. Aos 35 anos, dispunha de uma aparência suficientemente distinta, de ótima educação, de uma quantidade incomum de informações abalizadas, de hábitos irrepreensíveis e de um temperamento que — acreditava-se — havia sido submetido a uma provação penosa e salutar no curto período de sua vida de casado. Portanto, levando tudo isso em conta, julgava-se que a Srta. Everett havia sido muito feliz nessa associação, estando longe de ser a parte que levara a pior nesse arranjo. Mas também a Srta. Everett era uma jovem altamente desejável na condição de noiva — a bonita Srta. Everett, como a chamavam, para distingui-la de certas primas insípidas, com as quais, devido ao fato de não ter mãe nem irmãs, era obrigada, em nome do decoro, a passar grande parte de seu tempo — mais para sua própria satisfação, pode-se conjecturar, do que para a daquelas excelentes jovens.

Marian Everett, na realidade, não tinha um centavo; porém, fora contemplada generosamente com todas as qualidades que tornam uma mulher encantadora. Era, sem contestação, a mais encantadora jovem no interior do círculo no qual vivia e se deslocava. Mesmo algumas mulheres mais maduras que ela, de maior experiência e, em certa medida, de maior valor e — pelo fato de serem casadas — de maior liberdade de ação, mesmo essas não eram efetivamente tão encantadoras. E, ainda assim, comparando suas maneiras às daquelas, suas colegas dotadas de maior autoridade, a Srta. Everett não poderia ser acusada de qualquer desvio em relação à linha estrita que ditava a dignidade de qualquer donzela. Ela professava uma devoção quase religiosa ao bom gosto e via com horror os modos espalhafatosos de muitas das que lhe faziam companhia. Além de ser a jovem mais interessante de Nova York, era também, por isso mesmo, a mais irrepreensível. Sua beleza poderia, talvez, ser contestável, mas certamente era incontestada. Faltava muito pouco para que pudesse ser considerada de altura mediana e sua figura era marcada por um contorno de formas plenas e arredondadas; e, ainda assim, a despeito dessa graciosa compleição robusta, seus movimentos expressavam leveza e elasticidade. Quanto à aparência, era uma autêntica loira — uma loira cálida; com algo do viço do verão em suas faces, e com o cabelo castanho-avermelhado marcado pela luz do sol. As feições não haviam sido formadas segundo um molde clássico, mas sua expressão era agradável ao extremo. A testa era estreita e ampla, o nariz, pequeno, e a boca — bem, as invejosas a classificavam de *enorme*. É verdade que detinha uma imensa capacidade para produzir sorrisos, e que, quando a abria para cantar (o que fazia com infinita suavidade), emitia um fluxo abundante de sons. Seu rosto talvez fosse um pouco circular demais, e seus ombros, um pouco altos demais; no entanto, como disse, o efeito geral não deixava nada a desejar. Poderia chamar a atenção para algumas dissonâncias na composição de seu rosto e de seu corpo, mas, ainda assim, elas não chegariam de forma alguma a invalidar a impressão que produziam. Há algo de essencialmente indelicado, e, realmente, insensato na tentativa de averiguar ou pôr à prova — em seus mínimos detalhes — a beleza de uma mulher, e um homem acabará por obter o que merece ao descobrir que, a rigor, a soma das diferentes qualidades não equivale ao total dos efeitos. Afastem-se, cavalheiros, e deixem que *ela mesma* efetue a adição. A Srta. Everett, além de sua beleza, brilhava também por sua boa índole e pelo vigor de sua sagacidade. Ela não emitia pronunciamentos rudes, nem se mostrava melindrada diante deles; por outro lado, extraía um visível prazer da destreza intelectual, e até mesmo a cultivava. Seu grande mérito era o de nada se gabar ou manifestar pretensões. Da mesma forma que nada havia de artificial em sua beleza, não havia nada de pedante em sua argúcia e nada de sentimental em sua afabilidade. Uma era só naturalidade e a outra, só *bonomia*.

John Lennox a viu, sentiu amor por ela e pediu sua mão. Ao aceitar o pedido, a Srta. Everett adquiriu, aos olhos da sociedade, a única vantagem que lhe faltava — uma absoluta estabilidade e uma situação regular. Não foi pequena a satisfação sentida por seus amigos ao comparar seu futuro brilhante e confortável com seu passado um tanto precário. Lennox, contudo, foi congratulado por gente de todos os círculos; porém, mais do que qualquer coisa, pela sua fé. A da Srta. Everett não estava sendo submetida a uma provação tão severa, ainda que ela fosse frequentemente lembrada por conhecidos de inclinação moralista de que tinha motivos para ser grata pela escolha do Sr. Lennox. Ouvia essas exortações com uma expressão de humildade resignada, que era extremamente apropriada. Era como se, por causa *dele*, ela consentisse até mesmo em se entediar.

Duas semanas depois de anunciado o noivado, as duas partes voltaram a Nova York. Lennox morava numa casa de sua propriedade, com a qual agora estava ocupado em reformar e mobiliar, já que o casamento fora marcado para o fim de outubro. Em aposentos alugados, a Srta. Everett vivia na companhia do pai, um cavalheiro idoso em situação precária, que esfregava as mãos ociosas, de manhã à noite, na expectativa do casamento da filha.

John Lennox, normalmente um homem de inúmeras aptidões, amante das leituras, da música, da sociedade e não avesso à política, passou as primeiras semanas de agosto numa disposição nervosa e irrequieta. Quando um homem se aproxima da meia-idade, tem dificuldade de ostentar com naturalidade a distinção do fato de estar noivo. Encontra dificuldade em se desincumbir com entusiasmo apropriado dos vários *petits soins* inerentes à sua posição. Nas atenções dispensadas por Lennox, havia, aos olhos dos que o conheciam bem, certa solenidade patética. Um terço de seu tempo era empregado na aquisição de suprimentos na Broadway, de onde voltava cerca de meia dúzia de vezes por semana carregado de quinquilharias e bugigangas, com as quais acabava sempre considerando pueril e grosseiro presentear sua amada. Outro terço passava na sala de estar da Srta. Everett, período durante o qual Marian se privava de receber visitas. O resto do tempo empregava, como contava a um amigo, sabe Deus como. Essa era uma linguagem mais incisiva do que a que o amigo esperava ouvir, pois Lennox não era um homem nem de pronunciamentos impensados, nem, no juízo do amigo, de uma natureza dada a paixões violentas. Mas era evidente que estava decididamente apaixonado; ou pelo menos abalado em seu equilíbrio interior.

— Quando estou com ela, tudo vai bem — prosseguiu —, mas, ao ficar longe dela, sinto como se tivesse perdido meu lugar entre os vivos.

— Bem, é preciso ter paciência — disse o amigo. — Você já está destinado a viver intensamente.

Lennox estava calado, e seu rosto assumiu uma expressão mais sombria do que o outro gostaria de ver.

— Espero que não exista algum problema em particular — retomou o outro, na esperança de estimulá-lo a se abrir e se aliviar do que quer que pesasse em sua consciência.

— Temo que, às vezes, eu... temo que ela não me ame de verdade.

— Bem, uma pequena dúvida não faz mal algum. É melhor do que estar exageradamente seguro de si e terminar por afundar na própria presunção. Esteja apenas certo de que você a ama.

— Sim — disse Lennox, solenemente —, essa é a grande questão. Certa manhã, incapaz de concentrar sua atenção em livros e papéis, imaginou um expediente com que se ocupar durante uma hora.

Em Newport, travara conhecimento com um jovem artista chamado Gilbert, cujo talento e conversa lhe haviam proporcionado intensa satisfação. Ao deixar Newport, o pintor se dirigira às montanhas Adirondacks, para voltar em seguida a Nova York em 1º de outubro, pedindo que o amigo viesse procurá-lo depois dessa data.

Na manhã que mencionamos, ocorreu a Lennox que Gilbert já deveria ter retornado à cidade, e que estaria disposto a receber sua visita. Assim, encaminhou-se sem demora ao seu estúdio.

O cartão de Gilbert estava na porta, mas, ao entrar no aposento, Lennox o encontrou ocupado por um desconhecido — um jovem vestindo guarda-pó de pintor, trabalhando num grande painel. O cavalheiro informou-o de que se encontrava provisoriamente compartilhando o estúdio com o Sr. Gilbert, e que este saíra por alguns minutos. Em vista disso, Lennox preparou-se para esperar pela sua volta. Começou a conversar com o jovem e, julgando-o muito inteligente, assim como, aparentemente, um amigo próximo de Gilbert, observou-o com algum interesse. Tinha pouco menos de 30 anos, era alto e robusto, com um rosto expressivo, jovial e sensível, e uma barba castanho-avermelhada. Lennox ficou impressionado

19

com seu rosto, que parecia expressar a um só tempo uma razoável sagacidade humana e a essência do temperamento de um pintor.

"Um homem com um rosto como este", disse para si mesmo, "faz com que seu trabalho pelo menos mereça ser olhado."

Consequentemente, perguntou-lhe se poderia aproximar-se e olhar seu quadro. O outro rapidamente consentiu, e Lennox colocou-se diante da tela.

Ela exibia uma figura feminina representada da cintura para cima, trajando um vestido e com uma expressão tão ambígua que Lennox ficou sem saber se era um retrato ou uma obra de sua imaginação: uma jovem de cabelos loiros, envolta numa exuberante vestimenta medieval e parecendo uma condessa da era renascentista. Sua figura era retratada tendo uma tapeçaria sombria como pano de fundo, os braços cruzados de maneira relaxada, a cabeça ereta e os olhos fixados no espectador, na direção do qual ela parecia mover-se — *"Dans un flot de velours traînant ses petits pieds"*.*

Ao examinar o rosto da jovem, Lennox pareceu perceber uma semelhança oculta com um rosto bastante conhecido dele — o de Marian Everett. Obviamente, mostrou-se ansioso para saber se a semelhança era acidental ou deliberada.

— Considero este quadro um retrato — disse ao artista —, o retrato "de um temperamento".

— Não — disse este último —, é uma mera composição: um pouco dali, outro tanto de lá. Este quadro vem me perseguindo pelos últimos dois ou três anos, uma espécie de receptáculo de ideias desperdiçadas. Foi vítima de inúmeras teorias e experiências. Mas parece haver sobrevivido a todas elas. Suponho que detenha certa vitalidade.

— Tem algum tipo de título?

---

*Em um mar de veludo que movia seus pezinhos. (*N. da E.*)

— O título que dei a princípio veio de algo que li: o poema de Browning, "Minha última duquesa". Conhece?

— Perfeitamente.

— Ignoro se é uma tentativa de dar forma a uma impressão do poeta a respeito de um retrato já existente. Mas por que deveria me importar? Esta é simplesmente minha tentativa de dar forma à minha própria impressão pessoal a respeito do poema, que sempre exerceu forte efeito sobre minha imaginação. Não sei se coincide com sua impressão ou com a da maioria dos leitores. Mas não faço questão de insistir num título. O proprietário do quadro é livre para batizá-lo como quiser.

Quanto mais Lennox olhava para o quadro, mais gostava dele, e mais marcante parecia tornar-se a correspondência entre a expressão da dama e aquela atribuída à heroína dos versos de Browning. Parecia também menos acidental o elemento que o rosto de Marian e aquele da tela tinham em comum. Pensou no nobre poema lírico do grande poeta e em seu sentido primoroso, e no fato de a fisionomia da mulher que amava ter sido escolhida como a mais apropriada para aquele significado.

Virou a cabeça; seus olhos se encheram de lágrimas.

— Se fosse o dono deste quadro — disse, finalmente, respondendo às últimas palavras do pintor —, ficaria tentado a chamá-lo pelo nome de uma pessoa de quem ele me fez lembrar.

— Sim? — disse Baxter. E, então, depois de uma pausa: — Uma pessoa em Nova York?

Uma semana antes ocorrera que, a pedido de seu noivo, a Srta. Everett o havia acompanhado até o estúdio de um fotógrafo e tinha sido retratada numa dúzia de poses diferentes. As provas dessas fotografias foram enviadas a Marian para que escolhesse. Ela havia escolhido meia dúzia delas — ou melhor, Lennox fizera isso — e as tinha guardado no bolso com a intenção de parar no estabelecimento e fazer a encomenda. Então tirou-as da carteira e mostrou uma delas ao pintor.

— Vejo uma grande semelhança — disse — entre sua duquesa e esta jovem.

O artista olhou a fotografia.

— Se não me engano — disse, depois de uma pausa —, esta jovem é a Srta. Everett.

Lennox assentiu, concordando.

O outro permaneceu em silêncio por alguns instantes, examinando a fotografia com considerável interesse, mas, como observou Lennox, sem compará-la com seu quadro.

— Minha duquesa certamente apresenta certa semelhança com a Srta. Everett, mas não exatamente intencional — disse finalmente. — O quadro foi iniciado muito antes de jamais ter visto a Srta. Everett. Ela, como vê, ou melhor, como sabe, tem um rosto adorável e, durante as poucas semanas em que a vi, continuei a trabalhar no quadro. Sabe como um pintor trabalha, como trabalham artistas de todo tipo: apropriam-se de seu material onde quer que o encontrem. Não hesitei em adotar o que encontrei de conveniente na aparência da Srta. Everett; principalmente pelo fato de que vinha procurando em vão por um tipo de fisionomia que seu rosto encarnava. A duquesa era uma italiana, partia desse princípio; e estava convencido de que seria loira. Bem, decididamente, há algo da intensidade e do calor dos países do sul nas feições da Srta. Everett, assim como a vitalidade e a densidade comuns na aparência das mulheres italianas. Repare que a semelhança se trata muito mais de uma questão de tipo do que de expressão. No entanto, lamento que a cópia deixe revelar o original.

— Duvido — disse Lennox — que se deixe revelar a outra percepção além da minha. Tenho a honra — acrescentou após uma pausa — de estar noivo da Srta. Everett. Por isso me perdoará se lhe perguntar se pretende vender este quadro.

— Já foi vendido para uma senhora — prosseguiu o artista com um sorriso —, uma dama solteira que é uma grande admiradora de Browning. Nesse momento, Gilbert voltou. Os dois amigos trocaram cumprimentos e seu companheiro se retirou para um estúdio ao lado. Depois de terem conversado um pouco sobre o que havia acontecido com cada um desde que haviam se separado, Lennox falou do pintor da duquesa e sobre o seu notável talento, manifestando surpresa por nunca ter ouvido falar dele antes e que Gilbert nunca o tivesse mencionado.

— Seu nome é Baxter, Stephen Baxter — disse Gilbert — e, até sua volta da Europa, há duas semanas, sabia apenas pouco mais que você a seu respeito. Sua história mostra como tem feito progressos. Encontrei-o em Paris em 1862; naquela época, não estava fazendo absolutamente nada. Nesse intervalo, aprendeu o que você pôde ver. Ao chegar a Nova York, achou impossível conseguir um estúdio espaçoso o bastante para ele. Como, com meus pequenos esboços, preciso ocupar apenas um canto do meu, propus que usasse os outros três, até que encontrasse uma solução que o satisfizesse. Quando começou a desempacotar seus quadros, descobri que, sem saber, vinha hospedando um anjo.

Gilbert, em seguida, começou a revelar vários retratos de Baxter, tanto de homens quanto de mulheres, para serem examinados por Lennox. Cada uma dessas obras confirmava a impressão de Lennox a respeito da capacidade do pintor. Voltou sua atenção para a tela no cavalete. Ao seu chamado silencioso, Marian Everett reapareceu com seu olhar marcado por uma ternura e uma melancolia profundas.

"Ele pode dizer o quiser", pensou Lennox. "A semelhança é, em certa medida, uma questão de expressão."

— Gilbert — acrescentou, querendo avaliar a extensão da semelhança —, isso faz você lembrar de quem?

— Sei de quem isso faz *você* lembrar.

— E vê isso por si mesmo?

— Ambas são bonitas e ambas têm cabelos castanho-avermelhados. Isso é tudo que consigo ver.

Lennox sentiu-se um tanto aliviado. Não foi sem uma sensação de constrangimento — sentimento de modo algum contraditório com o primeiro momento de orgulho e satisfação — que se deu conta de que os encantos individuais e peculiares de Marian foram submetidos à apreciação cuidadosa de alguém mais além dele. Estava feliz por concluir que o pintor havia simplesmente se deixado impressionar pelo que existia de mais superficial em sua aparência, e que a própria imaginação dele contribuíra com o restante. Enquanto caminhava de volta para casa, ocorreu-lhe que, de sua parte, não seria um tributo inadequado aos encantos da jovem providenciar para que seu retrato fosse pintado por aquele rapaz inteligente. Até aquele momento, o compromisso entre ambos se mantivera na esfera do simples sentimento, e ele se dera ao cuidado meticuloso de não assumir a aparência vulgar de um mero fornecedor de luxos e prazeres. Para todos os efeitos práticos, até então se comportara em relação à futura esposa como um homem pobre — ou melhor, um homem, pura e simplesmente, e não um milionário. Havia passeado com ela, havia lhe mandado flores e tinha ido com ela à ópera. Mas não lhe enviara doces, nem a levara com ele às apostas ou lhe comprara joias. As amigas da Srta. Everett haviam observado que ele, até então, não dera sequer um mínimo anel de noivado, nem pérolas ou diamantes. Marian, contudo, estava bastante satisfeita. Era, por natureza, uma grande artista quando se tratava da *mise-en-scène* das emoções, e sentia, por instinto, que aquela moderação clássica não passava do pressentimento invertido de uma imensa abundância matrimonial. Em seu esforço para tornar impossível que suas relações com a Srta. Everett fossem maculadas em qualquer medida pela condição acidental do patrimônio de qualquer das partes, Lennox havia compreendido plenamente o próprio instinto.

Sabia que, algum dia, viria a sentir um impulso forte e irresistível de oferecer à sua amada um símbolo visível e artístico de sua afeição, e que esse presente proporcionaria uma satisfação maior na medida em que fosse algo único no gênero. Parecia a ele que sua chance havia chegado. Que presente poderia ser mais delicado do que a oportunidade de ela contribuir com sua paciência e boa vontade para que seu marido possuísse uma imagem à semelhança de seu rosto?

Naquela mesma noite, Lennox jantou com seu futuro sogro, como costumava fazer uma vez por semana.

— Marian — disse ele, durante o jantar —, esta manhã vi um velho amigo seu.

— Ah — disse Marian. — E quem ele seria?

— O Sr. Baxter, o pintor.

Marian mudou de cor — muito ligeiramente; não mais do que seria natural diante de uma sincera surpresa.

Sua surpresa, contudo, não poderia ter sido grande, visto que, dizia ela agora, vira sua volta à América mencionada num jornal, e na medida em que sabia que Lennox frequentava a sociedade de artistas.

— Ele está bem, espero — ela acrescentou —, e está próspero.

— Onde conheceu esse cavalheiro, minha querida? — perguntou o Sr. Everett.

— Eu o conheci na Europa há dois anos — primeiro durante o verão, na Suíça, e em seguida em Paris. É uma espécie de primo da Sra. Denbigh.

A Sra. Denbigh era uma dama em cuja companhia Marian havia recentemente passado um ano na Europa — uma viúva rica, sem filhos, inválida, e uma velha amiga de sua mãe.

— Continua pintando?

— Aparentemente sim, e muitíssimo bem. Tem dois ou três quadros tão bons quanto seria possível esperar. E, além disso, tem uma pintura que me fez lembrar de você.

— Sua *Última duquesa?* — perguntou Marian com alguma curiosidade. — Gostaria de vê-la. Se acha que se parece comigo, John, deveria comprá-la.

— Queria comprar, mas já foi vendida. Então você conhece o quadro?

— Sim, por meio do próprio Sr. Baxter. Vi a tela em seu estágio inicial, quando não se parecia com nada que valesse a pena olhar. Deixei a Sra. Denbigh bastante chocada ao dizer a ele que esperava que fosse sua "última". Na verdade, foi essa pintura que fez com que nos conhecêssemos.

— E não vice-versa — disse o Sr. Everett em tom brincalhão.

— Como assim, vice-versa? — perguntou Marian, aparentando inocência. — Encontrei o Sr. Baxter pela primeira vez numa festa em Roma.

— Pensei tê-la ouvido dizer que o tinha conhecido na Suíça — disse Lennox.

— Não, em Roma. Foi apenas dois dias antes de irmos embora. Ele me foi apresentado sem saber que eu estava com a Sra. Denbigh, e na realidade sem saber que ela estivera na cidade. Mostrava-se muito arredio em relação aos americanos. A primeira coisa que me disse foi que eu parecia muito com uma pintura na qual vinha trabalhando.

— Que você encarnava seu ideal etc.

— Exatamente, mas não nesse tom sentimental. Levei-o até a Sra. Denbigh; descobriram que eram primos em sexto grau; veio nos ver no dia seguinte e insistiu que fôssemos até seu estúdio. Era um lugar de aparência horrível. Acho que era muito pobre. Pelo menos a Sra. Denbigh lhe ofereceu algum dinheiro, e ele foi sincero ao aceitar.

Ela tentou não ferir sua autoestima, dizendo-lhe que, se quisesse, em retribuição poderia pintar um retrato para ela. Ele disse que o faria se tivesse tempo. Mais tarde, apareceu na Suíça e, no inverno seguinte, em Paris.

Se Lennox tinha experimentado algum tipo de desconfiança a respeito das relações entre a Srta. Everett e o pintor, o modo como ela havia contado sua pequena versão dissipara com eficiência qualquer suspeita. Imediatamente propôs que, em consideração não apenas ao grande talento do rapaz, mas também ao conhecimento real que tinha do rosto dela, ele deveria ser convidado a pintar seu retrato. Marian concordou sem relutância ou entusiasmo, e Lennox apresentou sua proposta ao artista. Este pediu um dia ou dois para pensar, e então respondeu (por meio de um bilhete) que ficaria feliz em aceitar a tarefa.

A Srta. Everett esperava que, em vista do projeto de renovar seu antigo contato com o amigo, Stephen Baxter viria procurá-la sob os auspícios de seu noivo. Ele realmente a procurou, sozinho, mas Marian não estava em casa e ele não repetiu a visita. Sendo assim, o dia escolhido para a primeira sessão foi marcado por meio de Lennox. O artista ainda não havia conseguido dispor de um estúdio próprio, e seu cliente cordialmente ofereceu-lhe em caráter provisório o uso de um espaçoso e bem-iluminado aposento em sua casa, destinado a princípio a se tornar uma sala de bilhar, mas que ainda não havia sido preparado para essa finalidade. Lennox não manifestou preferência alguma em relação ao retrato, contentando-se em deixar a escolha da pose e da vestimenta para as partes diretamente interessadas. Descobriu que o pintor se mostrava de acordo com as opções feitas por Marian e ele tinha confiança implícita no bom gosto dela.

A Srta. Everett chegou na manhã combinada, escoltada pelo pai, o Sr. Everett, que se gabava bastante de fazer as coisas da maneira apropriada, providenciando para que fosse previamente apresentado ao pintor. Entre este e Marian, deu-se uma rápida troca de manifestações de cortesia, depois das quais ambos se dedicaram ao trabalho. A Srta. Everett manifestava a mais animada deferência em relação aos desejos e caprichos de Baxter, ao mesmo tempo que não escondia ter fortes convicções a respeito do que deveria ser tentado e do que deveria ser evitado.

O rapaz não ficou surpreso ao descobrir que as convicções dela mostravam bom-senso e que os desejos de Marian inspiravam sua total simpatia. Descobriu-se determinado a não ceder diante de preconceitos obstinados e pouco naturais, nem disposto a sacrificar suas melhores intenções a uma vaidade limitada por uma visão acanhada.

A questão de saber se a Srta. Everett era ou não vaidosa não precisa ser abordada aqui. Era pelo menos inteligente o bastante para perceber que os interesses da sagacidade esclarecida seriam mais bem servidos por uma pintura que fosse boa do ponto de vista do artista, na medida em que esse é o principal objetivo do pintor. Posso acrescentar, além disso, para grande crédito seu, que ela compreendeu plenamente quão grande era o mérito artístico atribuído a um quadro executado sob o comando de uma paixão, para que fosse tudo menos uma zombaria, um arremedo — uma paródia — da duração daquela paixão; e que ela sabia instintivamente que não existe nada mais desalentador para o entusiasmo de um artista do que a interferência do interesse pessoal, tanto em seu próprio benefício como no de algum outro.

Baxter trabalhava com firmeza e rapidez, e, ao fim de cerca de duas horas, sentiu que havia começado seu quadro. O Sr. Everett, sentado ao lado, ameaçava tornar-se um motivo de tédio, aparentemente agindo sob a impressão de que era seu dever distrair os participantes da sessão com observações mais do que superficiais a respeito de estética. Mas, de modo bem-humorado, Marian assumia as falas que seriam do pintor nesse diálogo, de modo que este não precisasse desviar a atenção de sua tarefa.

A nova sessão foi marcada para o dia seguinte. Marian usava o vestido que havia sido combinado com o pintor, e no qual o elemento "pitoresco" fora cuidadosamente suprimido. Nos olhos de Baxter, ela lia a impressão de que estava magnificamente linda, e via que os dedos dele mostravam-se irrequietos na ânsia de atacar seu tema. Mas ela pediu que Lennox fosse encontrá-los, sob o pretexto de obter sua concordância em relação ao vestido. Era preto, e talvez ele fizesse objeção a isso. Ele veio, e ela leu em seus olhos gentis uma versão acentuada da aprovação transmitida pelo olhar de Baxter. Mostrou-se entusiasmado a respeito do vestido preto, o qual, na verdade, parecia apenas confirmar e tornar ainda mais bela, como um protesto maternal em voz grave, a impressão de plena juventude por ela transmitida.

— Espero — disse a Baxter — que você produza uma obra-prima.

— Não tenha medo — falou o pintor, dando um tapa na testa.

— Já está feita.

Nessa segunda ocasião, o Sr. Everett, exausto pelo esforço intelectual do dia anterior, e encorajado pela cadeira suntuosa, afundou num sono tranquilo. Seus acompanhantes por algum tempo permaneceram em silêncio, ouvindo o ruído regular de sua respiração; Marian, com os olhos pacientemente fixos na parede à sua frente, e o rapaz alternando mecanicamente a atenção entre sua figura e a tela. Finalmente, recuou alguns passos para avaliar sua obra. Marian voltou o olhar, que acabou por se cruzar com o dele.

— Bem, Srta. Everett — disse o pintor, num tom que poderia parecer trêmulo se ele não tivesse feito um grande esforço para expressar firmeza.

— Bem, Sr. Baxter — respondeu a jovem.

E os dois trocaram um olhar demorado e fixo, o qual, afinal, levou a um sorriso — um sorriso que, decididamente, pertencia à família da famosa risada dada por dois anjos atrás do altar de um templo.

— Bem, Srta. Everett — disse Baxter, voltando ao trabalho —, assim é a vida!

— É o que parece — retrucou Marian. E então, após uma pausa de alguns segundos: — Por que não foi me ver? — acrescentou.

— Fui, mas você não estava em casa.

— Por que não voltou?

— De que adiantaria, Srta. Everett?

— Teria simplesmente sido mais decente. Poderíamos nos ter reconciliado.

— Parece que já fizemos isso.

— Quero dizer, "formalmente".

— Isso teria sido absurdo. Não vê o quanto meu instinto dizia a verdade? O que teria sido mais fácil do que o nosso encontro? Posso assegurar a você que qualquer conversa a respeito do passado, com garantias ou desculpas mútuas, teria sido extremamente desagradável.

A Srta. Everett ergueu os olhos do chão e fixou-os no rapaz com um olhar penetrante no qual havia uma ponta de autocensura.

— Então o passado é assim totalmente desagradável?

Baxter a olhou, com certo espanto.

— Meus Deus! Claro que sim.

A Srta. Everett baixou os olhos e permaneceu calada.

Poderia muito bem aproveitar esse momento para transmitir brevemente ao leitor os acontecimentos aos quais se refere a conversa acima.

A Srta. Everett, considerando todos os aspectos da questão, tinha julgado mais conveniente não contar ao futuro marido a história completa de sua relação com Stephen Baxter; e, quando eu tiver restaurado suas omissões, o leitor provavelmente achará justificada sua discrição.

Ela havia, como disse, encontrado aquele jovem pela primeira vez em Roma, e lá, depois de duas conversas, produzira-se uma impressão profunda em seu íntimo. Ele sentiu que seria capaz de um grande esforço para encontrar a Srta. Everett novamente. A reunião dos dois na Suíça não foi, por isso, inteiramente casual; e tinha sido mais fácil para Baxter torná-la viável pelo fato de poder alegar uma relação indireta sua com a Sra. Denbigh, que fazia companhia a Marian. Com a permissão dessa dama, ele se associava ao seu grupo. Havia adotado o trajeto das duas como se fosse o seu, tinha parado quando elas pararam e fora pródigo em atenções e amabilidades. Antes que uma semana se tivesse passado, a Sra. Denbigh, que era a própria encarnação de uma índole confiante, vibrou com a descoberta de um parente de valor inestimável. Graças não apenas à sua disposição naturalmente pouco exigente, mas também aos hábitos apáticos e ociosos induzidos pelo constante sofrimento físico, ela provou ser bastante insignificante no papel do terceiro personagem nas horas gastas por seus acompanhantes. Não é preciso um grande esforço para se imaginar de que forma prazerosa aquelas horas foram passadas. Fazer a corte em meio a algumas das mais românticas paisagens da Europa é uma partida meio vencida de antemão. O charme expresso pelas maneiras de Marian foi amplamente realçado pela satisfação com que sua sensibilidade inata para a beleza do mundo natural a preparava para apreciar o magnífico cenário dos Alpes. Ela nunca se expusera em circunstâncias tão favoráveis; nunca tinha desfrutado de uma liberdade tão completa, de tanta franqueza e jovialidade. Pela primeira vez na vida, fizera um prisioneiro sem se dar conta disso. Tinha entregue seu coração às montanhas e aos lagos, às neves eternas e aos vales pastoris, e Baxter, a postos, o interceptara. Aos olhos dele, a viagem à Suíça, há tanto templo planejada, aumentara enormemente em sua dimensão e em seu brilho graças à participação da Srta. Everett — pelo entusiasmo feminino manifestando-se sempre ao alcance do ouvido, com a frescura e clareza de uma fonte que tivesse brotado das montanhas. Ah! Se pelo menos também ela fosse alimentada pelas neves eternas! E a sua beleza — sua incansável beleza — era um motivo permanente de encanto. A Srta. Everett parecia de tal forma pertencer a uma sala de estar que era quase lógico supor que não ficasse bem em qualquer outro lugar. Mas na verdade, como descobriu Baxter, ela ficava muito bem no papel do que as damas consideram um "horror" — ou seja, queimada de sol, marcada pelos esforços de viagem, acalorada, entusiasmada e faminta. Ficava bem o bastante para desencorajar quaisquer comparações motivadas pela inveja.

Ao fim de três semanas, certa manhã, enquanto permaneciam juntos à beira de uma cascata que caía de um penhasco, muito acima das profundezas verdes instaladas entre as montanhas, Baxter sentiu um impulso irresistível para se declarar. O trovejar produzido pela cachoeira encobria qualquer emissão vocal, de modo que, sacando de seu bloco de desenhos, escreveu três palavras curtas numa folha em branco. Ele lhe passou o bloco. Ela leu a mensagem enquanto mudava de cor de um modo encantador, lançando para o rosto dele um único e rápido olhar. Ela então rasgou a folha.

— Não rasgue! — gritou o jovem.

Ela compreendeu por meio dos movimentos de seus lábios e balançou a cabeça sorrindo. Mas ela se abaixou, apanhou uma pedra pequenina e, embrulhando-a no pedaço de papel, preparou-se para jogá-la na torrente.

Baxter, inseguro, esticou a mão para tirá-la de Marian. Ela a passou para a outra mão e lhe deu aquela que ele havia tentado segurar.

Ela jogou fora o papel, mas deixou que continuasse a segurar sua mão.

Baxter ainda dispunha de uma semana e Marian fez com que ele a passasse em meio a uma grande felicidade. A Sra. Denbigh estava cansada; haviam parado por um momento e estavam permanentemente juntos. Falaram muito sobre o longo futuro, o qual, ao se afastarem do som da catarata, tinham decidido de comum acordo encarar juntos. Para infelicidade dos dois, contudo, ambos eram pobres. Em vista das circunstâncias, decidiram nada dizer a respeito do compromisso assumido até que Baxter, à custa de trabalho duro, tivesse pelo menos quadruplicado sua renda. Isso era cruel, porém uma necessidade imperativa, e Marian não fez objeções. O fato de morar na Europa havia ampliado sua concepção a respeito das necessidades materiais de uma mulher bonita, e era muito natural que ela não devesse, imediatamente após essa experiência, correr na direção de um casamento com um artista pobre. Ao fim de alguns dias, Baxter partiu para a Alemanha e a Holanda, onde havia locais que desejava visitar por motivos de estudo. A Sra. Denbigh e sua jovem amiga se dirigiram a Paris, para o inverno. Ali, em meados de fevereiro, ao fim de sua viagem pela Alemanha, Baxter juntou-se a elas. Durante sua ausência, recebera cinco pequenas cartas de Marian, cheias de afeto. O número era pequeno, mas o jovem detectou na própria moderação de sua amada certo sabor delicioso de uma constância implícita. Ela o recebeu com toda a franqueza e ternura que ele tinha o direito de esperar, e ouviu com grande interesse seu relato sobre a melhora de suas perspectivas para o futuro. Vendera três de seus quadros italianos e havia produzido uma coleção de esboços de valor inestimável. Estava a caminho da riqueza e da fama, e não havia motivo para que o noivado de ambos não fosse anunciado. Mas Marian fez uma objeção a essa proposta — de forma tão incisiva, e mesmo por razões tão arbitrárias, que se seguiu uma cena um tanto penosa. Stephen a deixou, irritado e perplexo. No dia seguinte, quando a procurou, ela estava indisposta, alegando não poder vê-lo; e no seguinte — e no outro. Na noite em que tinha feito sua terceira e malsucedida visita à Sra. Denbigh, ouviu o nome de Marian mencionado numa conversa em meio a uma grande festa. As interlocutoras eram duas mulheres já maduras. Concentrando a atenção nas falas das duas, que não se davam ao trabalho de tornar mais discretas, descobriu que sua amada vinha sendo acusada de ter brincado com os sentimentos de um infeliz jovem, o filho único de uma das senhoras. Aparentemente, não faltavam indícios ou fatos que pudessem vir a servir como provas. Baxter voltou para casa, *la mort dans l'âme*, e no dia seguinte dirigiu-se novamente aos alojamentos da Sra. Denbigh. Marian ainda estava em seu quarto, mas quem o recebeu foi a dama idosa. Stephen encontrava-se numa situação difícil, mas sua mente permanecia lúcida e ele se entregou à tarefa de interrogar sua anfitriã. Com sua habitual indolência, a Sra. Denbigh continuava sem suspeitar da situação na qual os dois jovens se encontravam.

— Lamento dizer — começou Baxter — que, na noite passada, ouvi a Srta. Everett ser acusada de um comportamento bastante infeliz.

— Ah, por Deus, Stephen — retrucou sua parenta —, não volte a este assunto. Não fiz outra coisa o inverno inteiro a não ser defender e atenuar o comportamento dela. É um grande esforço. Não me faça repetir tudo para você. Conhece-a tão bem quanto eu. Ela foi indiscreta, mas sei que se arrepende e, a propósito, ela não mantém com ele ligação alguma. Não se tratava de modo algum de um rapaz recomendável.

— A senhora a quem ouvi comentar esse caso — disse Stephen — falava dele com o maior apreço. É claro que, como descobri, ela vinha a ser mãe dele.

34

— A mãe dele? Você está enganado. Sua mãe morreu há dez anos.

Baxter cruzou os braços com a sensação de que precisava se sentar.

— *Allons* — disse —, de quem a senhora está falando?

— Do jovem Sr. King.

— Deus meu! — gritou Stephen. — Então são dois?

— Ora, de quem *você* está falando?

— De um certo Sr. Young. A mãe é uma senhora elegante, com cachos brancos.

— Não está querendo dizer que houve algo entre Marian e Frederic Young?

— *Voilà*! Só repito o que ouvi dizer. A mim, parece, minha cara Sra. Denbigh, que você deveria saber.

A Sra. Denbigh sacudiu a cabeça com um movimento melancólico.

— Tenho certeza de que não — ela disse. — Desisto. Não tenho a intenção de fazer julgamentos. Os modos que os jovens adotam entre si são muito diferentes do meu tempo. É impossível dizer se querem dizer alguma coisa ou não querem dizer nada.

— Sabe, pelo menos, Sra. Denbigh, se o Sr. Young esteve na sua sala?

— Ah, sim, frequentemente. Lamento que estejam falando sobre Marian. Para mim, isso é muito desagradável. Mas o que uma mulher doente pode fazer?

— Bem — disse Stephen —, com isso cuidamos do Sr. Young. E agora vamos ao Sr. King.

— O Sr. King voltou para casa. É uma pena que um dia tenha vindo aqui.

— Em que sentido?

— Ah, é um tolo. Não compreende as jovens.

— A meu ver — disse Stephen —, ele pode ser muito inteligente sem jamais conseguir isso.

— Há apenas o fato de que Marian não se mostrou ponderada. Ela só queria ser amável, porém foi longe demais. Tornou-se adorável. Quando se deu conta, já se considerava comprometido com ela.

— Ele é bonito?

— Razoavelmente.

— E rico?

— Muito rico, acho.

— E a outra parte?

— De quem está falando? Marian?

— Não, não; seu amigo, Young.

— Ele é bem bonito.

— E rico também?

— Sim, acredito que também seja rico.

Baxter ficou em silêncio por um momento.

— E não resta dúvida — retomou — de que ambos estão fora do caminho?

— Só posso responder pelo Sr. King.

— Bem, vou responder pelo Sr. Young. Sua mãe não falaria daquele modo a não ser que tivesse visto seu filho sofrer. Afinal, isso não depõe tanto contra Marian. Temos aqui dois belos jovens milionários duramente castigados. Ela rejeita a ambos. Ela não se importa com boa aparência ou dinheiro.

— Não diria isso — comentou a Sra. Denbigh com sagacidade. — Ela não se importa só com essas coisas. Ela deseja talento e todo o resto. Agora, se pelo menos você fosse rico, Stephen — acrescentou a senhora, de modo inocente.

Baxter pegou seu chapéu.

— Quando quiser casar a Srta. Marian — disse —, deve ter o cuidado de evitar falar muito do Sr. King e do Sr. Young.

Dois dias depois desse encontro, ele manteve uma conversa com a própria jovem em pessoa. O apreço do leitor por ele pode ter sofrido por ter sua confiança abalada com tanta facilidade, mas é um fato que tinha sido incapaz de encarar de modo leviano aquelas revelações feitas. Para ele, seu amor fora uma paixão; para *ela*, via-se forçado a acreditar, fora um vulgar passatempo. Ele era um homem de temperamento violento; foi direto ao assunto.

— Marian — disse —, você vem me enganando.

Marian sabia muito bem o que queria dizer; sabia muito bem que se cansara do seu compromisso e que, por menores que fossem as faltas em relação aos Srs. Young e King, tinha cometido um ato de séria deslealdade para com Baxter. Ela sentiu que o golpe fora dado e que o compromisso entre os dois estava rompido. Sabia que Stephen não se contentaria com meias desculpas; e, além dessas, nada tinha a apresentar. Uma centena delas não chegaria a somar uma confissão perfeita. Sem, portanto, fazer nenhuma tentativa de salvar suas "futuras possibilidades" pelas quais havia deixado de se importar, limitou-se a salvar sua dignidade. No momento, sua dignidade estava mais do que garantida pela quase cínica frieza natural de seu temperamento. Mas essa mesma vulgar placidez deixou na memória de Stephen uma impressão de insensibilidade e insipidez, as quais, aos olhos dele em particular, estavam destinadas a ser para sempre fatais a qualquer pretensão dela a seus verdadeiros valor e substância. Ela negou ao rapaz o direito de lhe fazer cobranças e de interferir em sua conduta; e quase antecipou a proposta dele de que deveriam considerar rompido seu compromisso. Recusou-se até mesmo a recorrer à lógica simples das lágrimas. Nessas circunstâncias, é claro, a conversa não se estendeu muito.

— Eu a considero — disse-lhe Baxter, parado junto à porta — a mais superficial e insensível das mulheres.

Deixou imediatamente Paris e desceu rumo à Espanha, onde permaneceu até o início do verão. No mês de maio, a Sra. Denbigh e sua *protegée* foram para a Inglaterra, onde a primeira, por intermédio do marido, tinha algumas relações, e onde a beleza nada britânica de Marian foi amplamente admirada. Em setembro, elas zarparam para a América. Um ano e meio, portanto, se havia passado entre a separação de Baxter da Srta. Marian e o reencontro em Nova York.

Nesse intervalo, as feridas do jovem tiveram tempo de cicatrizar. Seu sofrimento, ainda que intenso, durara pouco, e quando finalmente recobrou o equilíbrio natural, ficou muito feliz em ter adquirido sua imunidade ao preço de uma simples mágoa. Ao reexaminar com mais calma suas impressões a respeito da Srta. Everett, concluiu que esta parecia muito distante de ser a mulher de seus sonhos, e que ela não havia sido realmente a mulher que escolheria.

— Graças a Deus terminou — disse a si mesmo. — Ela é irremediavelmente fútil. É vazia, trivial e vulgar.

Tinha havido algo de apressado e sôfrego em seus apelos, algo de artificial e irreal na paixão que imaginara. Metade dela havia sido produto do cenário que os envolvia, do clima, da simples justaposição dessas coisas e, acima de tudo, da beleza pitoresca da jovem; para não falar da sugestiva indolência e tolerância da Sra. Denbigh. E, ao se descobrir profundamente interessado por Velásquez em Madri, afastou a Srta. Everett de seus pensamentos. Não desejo oferecer esse julgamento a respeito da Srta. Everett como a palavra final; mas pelo menos era consciencioso. Além disso, a ampla justiça que, sob a ilusão de seus sentimentos, tinha feito aos seus encantos e talentos, lhe dava o direito de, quando livre dessa ilusão, registrar seu julgamento sobre os espaços áridos na natureza dela. A Srta. Everett poderia muito bem tê-lo acusado de injustiça e brutalidade; mas esse fato ainda deporia a favor dele, mostrando que ele se importava realmente com a verdade. Marian, ao contrário, mostrava-se completamente indiferente a ela. A frase raivosa de Stephen a respeito de seu comportamento não havia encontrado nenhum eco em sua alma contraída.

O leitor conta agora com uma visão adequada dos sentimentos que dominavam esses dois amigos quando se viram face a face. É preciso dizer, contudo, que o lapso de tempo havia diminuído em muito a força desses sentimentos. Uma mulher, ao meu ver, não deveria aspirar a uma companhia mais agradável, nem menos constrangida ou constrangedora, do que a de um amante desiludido; desde que, é claro, o processo de desilusão tenha sido completo, e que algum tempo tenha decorrido desde a sua conclusão.

A própria Marian encontrava-se perfeitamente à vontade. Não havia guardado sua equanimidade — sua filosofia, quase seria possível dizer — durante aquele doloroso último diálogo, para vir a perdê-la agora. Não alimentava sentimentos rancorosos em relação ao seu antigo amante. Suas últimas palavras tinham sido — como todas as palavras no juízo de Marian — uma simples *façon de parler*. Era tão perfeito o bom humor desfrutado pela Srta. Marian nesses últimos dias de sua vida de solteira que não existia nada no passado que não pudesse vir a perdoar.

Ficou um pouco ruborizada com a ênfase adotada pelo rapaz em sua observação; mas não ficou desconcertada. Ela recorreu ao seu bom humor.

— A verdade, Sr. Baxter — disse ela —, é que neste momento me sinto em mais perfeita paz com o mundo; vejo tudo *en rose*; tanto o passado quanto o futuro.

— Eu também estou na mais perfeita paz com o mundo — afirmou o Sr. Baxter — e meu coração está perfeitamente reconciliado com o que você chama de passado. Mas para mim é muito desagradável pensar a esse respeito.

— Ah, então — disse a Srta. Everett, com grande ternura —, temo que não esteja reconciliado.

Baxter riu — tão alto que a Srta. Everett olhou para o pai. Mas o Sr. Everett ainda dormia o sono dos justos.

— Não tenho dúvidas — disse o pintor — de que estou muito longe de ter um espírito tão cristão quanto o seu. Mas lhe asseguro que me sinto muito feliz em vê-la de novo.

— Tudo o que precisava era falar isso para sermos amigos.

— Fomos tolos em tentar ser outra coisa além disso.

— "Tolos", sim. Mas foi uma bela tolice.

— Ah, não, Srta. Everett. Sou um artista e reivindico aqui o direito sobre a palavra "belo". Não deve usá-la aqui. Nada que tenha tido um fim tão feio poderia ser belo. Era tudo falso.

— Bem, como quiser. O que tem feito desde que nos separamos?

— Viajado e trabalhado. Fiz grandes progressos no meu ofício. Pouco antes de voltar para casa, fiquei noivo.

— Noivo? *À la bonne heure*. Ela é boa? É bonita?

— Nem de longe tão bonita como você.

— Em outras palavras, é uma boa pessoa, infinitamente melhor do que eu. Espero mesmo que seja. Mas por que a deixou para trás?

— Ela está com uma irmã, uma inválida, que precisa beber água mineral na região do Reno. Elas queriam permanecer lá quando o frio chegasse. Estarão aqui dentro de poucas semanas, e vamos casar logo depois.

— Dou meus parabéns, do fundo do meu coração — disse Marian.

— Permita-me fazer o mesmo — falou o Sr. Everett, acordando, o que fazia instintivamente sempre que uma conversa assumia um tom cerimonioso.

A Srta. Everett só concedeu a seu amigo três outras sessões, sendo grande parte de seu trabalho realizado com a ajuda de fotografias. Também nessas conversas esteve presente o Sr. Everett, e ainda delicadamente sensível às influências soporíferas de sua posição. Mas as duas partes tiveram o bom-senso de se abster de referências às suas antigas relações e de limitar sua conversa a temas pessoais.

II

CERTA TARDE, quando o quadro estava quase pronto, John Lennox entrou na sala vazia onde estava a pintura para verificar o grau dos progressos feitos. Tanto Baxter quanto Marian tinham manifestado o desejo de que ele não deveria ver o quadro em seus estágios iniciais e, em concordância com isso, essa havia sido sua primeira posição. Meia hora depois de sua entrada na sala, Baxter chegou, sem se fazer anunciar, e o encontrou diante da tela, perdido em seus pensamentos. Baxter havia recebido uma chave da casa, de modo a ter acesso fácil e imediato à sua obra sempre que quisesse.

— Estava de passagem — disse — e não pude resistir ao impulso de vir e corrigir um erro que cometi esta manhã, agora que a noção de sua enormidade ainda está fresca em minha mente.

Sentou-se para trabalhar e o outro ficou observando-o.

— Bem — disse o pintor, afinal —, está satisfeito com ele?

— Não totalmente.

— Faça o favor de desenvolver suas objeções. Você detém o poder de me ajudar materialmente.

— Mal sei como formular minhas objeções. Em todo caso, deixe que diga em primeiro lugar que admiro imensamente sua obra. Tenho certeza de que é o melhor quadro que já pintou.

— Acredito honestamente que seja. Algumas partes dele — disse Baxter, sinceramente — estão excelentes.

— É evidente. Mas, sejam justamente essas partes, sejam outras, revelam-se singularmente desagradáveis. Esse termo não chega a ser exatamente uma crítica, eu sei; mas estou pagando a você pelo direito de ser arbitrário. São uma realidade muito dura, muito forte ou muito franca. Numa palavra, seu quadro me assusta e, se eu fosse Marian, estaria me sentindo como se você, em certa medida, houvesse praticado uma violência contra mim.

— Peço desculpas pelo que há de desagradável, mas minha intenção foi que parecesse real. Vou atrás da realidade; deve ter percebido isso.

— Aprovo você; não poderia admirar mais os métodos amplos e firmes usados por você para alcançar essa mesma realidade. Mas é possível ser real sem ser brutal, sem tentar ser, como se poderia dizer, *objetivo*.

— Nego que eu seja brutal. Temo, Sr. Lennox, que não tenha escolhido o caminho certo para agradá-lo. Encarei este quadro *au sérieux* demais. Busquei algo completo demais. Mas, se não agradar ao senhor, agradará a outros.

— Não tenho dúvida disso. Mas essa não é a questão. O quadro é bom o suficiente para ficar mil vezes melhor.

— Que o quadro é passível de um aprimoramento infinito, isso, é claro, não nego; e, em vários aspectos particulares, acho que serei capaz de melhorá-lo. Mas a essência do retrato está aí. Vou dizer aquilo de que está sentindo falta. Minha obra não é "clássica"; resumindo, não sou um gênio.

— Não é isso; suspeito mesmo de que seja. Mas, como diz, sua obra não é clássica. Insisto no meu termo "brutal". Será que devo dizê-lo? Parece demais com um estudo. Você deu à pobre Srta. Everett a aparência de uma modelo profissional.

— Se esse é o caso, cometi um grande erro. Nunca houve uma modelo mais à vontade e mais natural. É um prazer olhar para ela.

— Está tornando as coisas mais confusas, você a retratou de forma bem natural. Bem, não sei qual é o problema. Desisto.

— Acho — disse Baxter — que deve manter seu veredicto em suspenso até que a pintura seja terminada. O elemento clássico está ali, estou certo disso; mas ainda não o trouxe à tona. Espere mais alguns dias e virá à superfície.

Lennox deixou o artista a sós; e este pegou os pincéis e trabalhou duro até o anoitecer. Só os pôs de lado quando ficou escuro demais para enxergar. Ao sair, Lennox o encontrou no saguão.

— *Exegi monumentum* — disse Baxter — está terminado. Vá lá e olhe à vontade. Voltarei amanhã para ouvir suas impressões.

O dono da casa, assim que o outro saiu, acendeu meia dúzia de luzes e voltou ao estúdio onde se encontrava a pintura. Havia avançado prodigiosamente sob os cuidados que o pintor acabara de lhe conceder, e, fosse porque o elemento clássico se houvesse manifestado, fosse porque Lennox estivesse numa disposição de espírito mais simpática, agora o quadro lhe parecia uma obra de grande originalidade e força, um autêntico retrato, a imagem deliberada de uma figura e de um rosto humanos. Era Marian, de verdade, e Marian medida e observada pacientemente. Sua beleza estava lá, bem como sua ternura e seu encanto jovial e sua graça etérea, capturados para sempre, tornados invioláveis e perpétuos. Nada poderia ser mais simples do que a concepção e a composição do quadro. A figura jazia de modo tranquilo, olhando ligeiramente para a direita, com a cabeça ereta e as mãos — mãos virginais, sem anéis ou braceletes — descansando ociosas sobre os joelhos. O cabelo loiro estava reunido num pequeno nó feito de tranças no alto da cabeça (seguindo a moda da época), e deixava livre o contorno quase infantil das orelhas e das faces. Os olhos eram cheios de cor, contentamento e luz; os lábios, delicadamente separados. Quanto às cores, estritamente falando, havia poucas delas no quadro; porém, os drapejados sombrios insinuavam os reflexos da luz do sol, e as áreas da pele, com seus rubores e trechos pálidos, sugeriam algo do pulsar de vida e de saúde. A obra tinha força e simplicidade, a figura era inteiramente desprovida de afetação e de rigidez, e ainda assim supremamente elegante.

— É isto que significa ser um artista — pensou Lennox. — Tudo isto foi feito nas últimas duas horas.

Era a sua Marian, com toda certeza, com tudo o que o havia encantado — com tudo que ainda o encantava quando a via: sua confiança cativante, sua leveza delicada, suas graças femininas. E com tudo isso, à medida que olhava, uma expressão dolorosa brotou em seus olhos, e lá permaneceu, e cresceu até assumir um peso mortal.

Lennox vinha sendo um amante na máxima medida em que um homem pode ser; mas amava com a discrição adquirida nos 15 anos em que havia lidado com relacionamentos humanos. Tinha um olhar penetrante, e gostava de usá-lo. Em muitas ocasiões em que Marian, com olhos e lábios eloquentes, havia despejado os tesouros de sua natureza no seu íntimo, e os segurara com as mãos e coberto de beijos e de promessas apaixonadas, ele os tinha largado de repente com um súbito estremecimento e exclamado em silêncio:

— Mas, ah! Onde está o coração?

Um dia ele lhe havia dito (num gesto irrelevante, sem dúvida):

— Marian, onde *está* o seu coração?

— *Onde...* o que quer dizer? — indagara a Srta. Everett.

— Penso em você de manhã à noite. Junto seus pedaços e depois os separo, como as pessoas fazem nesse jogo em que se formam palavras a partir de uma caixa com algumas letras. Mas sempre há uma letra faltando. Não consigo pôr minha mão no seu coração.

— Meu coração, John — disse Marian, engenhosamente —, é a palavra inteira. Meu coração está em toda parte.

Isso, sem dúvida, pode ter sido a verdade. A Srta. Everett havia distribuído seu coração de modo imparcial por todo o organismo, de modo que — era uma consequência natural — sua localização original estava parcialmente vazia. Ao se sentar e olhar para a obra de Baxter, a mesma pergunta veio novamente aos seus lábios; e, se o retrato de Marian a sugeriu, o retrato de Marian era incapaz de responder. Para responder a isso, seria necessária a presença da própria Marian. A Lennox, parecia que alguma entidade estranhamente poderosa havia arrancado de sua amada a confissão extraída do mais íntimo da alma dela, e a escrevera sobre aquela tela em linhas firmes, porém arrebatadas. A pessoa de Marian era toda leveza — seu encanto consistia na leveza; seria possível que sua alma consistisse também em leviandade? Seria ela uma criatura sem fé e sem consciência? O que mais poderia significar aquele terrível vazio, aquele elemento de morte que extinguia a luz em seus olhos e roubava o sorriso de seus lábios? Essas coisas não podiam ser evitadas até porque o pintor, em tantos aspectos, havia sido justo. Fora tão leal e simpático quanto inteligente. Nenhum item na aparência da jovem havia sido menosprezado; nenhuma de suas feições deixara de ser eficaz e delicadamente representada. Baxter se teria revelado um homem de maravilhosa sensibilidade — um observador ímpar; ou se limitara a ser apenas um pintor paciente e obstinado, realizando infinitamente mais do que supunha? Um simples pintor não se contentaria em pintar a Srta. Everett de maneira vívida, exuberante e objetiva de que a obra em questão era um tão bom exemplo e em fazer apenas isso? Pois era evidente que Baxter fizera mais do que isso. Havia pintado com algo mais que o mero saber — com imaginação, com sentimento. Tinha quase *composto* algo — e sua composição abraçara a verdade. Lennox era incapaz de responder às suas dúvidas. Teria ficado feliz em acreditar que não havia imaginação alguma no quadro a não ser aquela proporcionada pela sua própria mente; e que a etérea ternura nos olhos e lábios da imagem nada mais era do que o sorriso da juventude e da inocência. Estava em dificuldades — mostrava-se absurdamente desconfiado e volúvel; apagou as luzes e deixou o retrato mergulhado numa agradável penumbra. Então, em parte como uma reparação à sua amada e, em parte, para satisfazer a si mesmo, foi passar uma hora com Marian. Pelo menos ela, como veio a descobrir, não havia hesitado. Considerava o retrato um completo sucesso, e mostrava-se disposta a ser transmitida dessa forma à posteridade. Contudo, quando Lennox retornou, voltou à sala onde estava a pintura para olhá-la mais uma vez. Dessa vez, acendeu uma única luz. Arre! Era pior do que com uma dúzia. Desligou às pressas o gás.

Baxter veio no dia seguinte, como havia prometido. Nesse meio tempo o pobre Lennox tinha passado por doze horas ininterruptas de reflexão, e a expressão de desconsolo em seus olhos havia adquirido uma intensidade que, percebia o pintor, revelava outro motivo muito diferente do que um simples tributo ao seu poder.

"Será possível que o homem esteja com ciúmes?", pensou Baxter.

Stephen havia conservado uma inocência tão grande a respeito de qualquer outro objetivo que não fosse pintar um bom retrato que sua consciência não conseguiu revelar a fonte da angústia de seu interlocutor. Entretanto, começou a sentir pena dele. Realmente ficara tentado a sentir pena desde o início. Gostara dele e o tinha em alta estima; havia-o julgado um homem de inteligência e de sentimento, e via com pesar que um homem como ele — uma criatura de intensas necessidades espirituais — tivesse de associar seu destino ao de Marian Everett. Mas logo chegara à conclusão de que Lennox sabia muito bem onde pisava, e que não precisava de nenhum esclarecimento. Estava se casando com os olhos bem abertos, e havia pesado os prós e os contras da questão. Cada qual tinha seus gostos e, aos 35 anos, John Lennox não precisava que lhe dissessem que a Srta. Everett não era exatamente o que parecia ser. Baxter, portanto, partia do princípio de que seu amigo deliberadamente selecionara para ser sua segunda esposa uma mera mulher bonita — uma mulher com talento para cativar uma companhia e que faria uso criativo de seu dinheiro. Não sabia nada a respeito da seriedade da paixão nutrida pelo pobre homem, nem da medida em que a felicidade dele estava ligada ao que o pintor teria chamado de sua ilusão. Sua única preocupação fora a de fazer bem seu trabalho; e fizera-o melhor ainda por causa de seu antigo interesse pelo rosto sedutor de Marian. É certo que tinha efetivamente injetado em seu quadro essa força de caracterização e essa profundidade de realidade que havia captado a atenção de seu amigo; mas fizera isso sem esforço e sem malícia. A metade artística da natureza de Baxter exerceu um saudável domínio sobre a metade humana — alimentada por suas decepções e engordada por suas alegrias e adversidades. Isso, na realidade, significa simplesmente dizer que o jovem era um verdadeiro artista. Então, nas profundezas insondáveis de sua natureza forte e sensível, seu espírito se mantivera em comunhão com seu coração e transferira para a tela o fardo de seu desencanto e de sua resignação. Desde seu pequeno caso com Marian, Baxter havia conhecido uma jovem que acreditava poder amar e confiar para sempre; e, como se tornara sóbrio e fortalecido por essa nova emoção, fora capaz de recapitular com maior nitidez as limitações do seu amor anterior. Tinha, portanto, pintado com sentimento. Dele, a Srta. Everett não poderia ter esperado que agisse de outro modo. Havia honestamente dado o melhor de si, e a convicção viera a despeito dele e terminando por tornar a obra ainda melhor.

Lennox havia começado a sentir muita curiosidade a respeito da história sobre como o jovem tinha travado conhecimento com sua futura noiva; mas estava longe de sentir ciúmes. Percebia, de algum modo, que jamais poderia voltar a sentir ciúmes. Porém, ao examinar os termos do antigo relacionamento entre os dois, era importante não permitir que o jovem suspeitasse de que tivesse descoberto no retrato algum grave defeito.

— Seu antigo conhecimento da Srta. Everett — disse, com franqueza — lhe foi evidentemente de grande utilidade.

— Suponho que sim — concordou Baxter. — Realmente, assim que comecei a pintar, vi seu rosto voltando, como uma antiga canção já meio esquecida. Naquela época, era incrivelmente bonita.

— Era dois anos mais nova.

— Sim, e eu era dois anos mais novo. Decididamente, você está certo. Fiz *mesmo* uso das minhas antigas impressões.

Baxter estava disposto a levar até este ponto suas confissões; mas sentia-se determinado a não revelar nada que a própria Marian tivesse mantido em segredo. Não ficou surpreso por ela não ter revelado ao amante sua antiga ligação; esperava isso. Mas teria considerado imperdoável tentar corrigir a omissão dela.

As aptidões de Lennox haviam sido intensamente aguçadas pela dor e pela suspeita, e não podia deixar de detectar nos olhos de seu companheiro a intenção de certa reticência. Decidiu zombar dela.

— Estou curioso em saber — disse — se você já esteve apaixonado pela Srta. Everett.

— Não hesito em dizer que sim — replicou Baxter, conjecturando que uma confissão vaga seria de maior ajuda do que uma negativa detalhada.

— Sou um em mil, imagino. Ou um, talvez, em cem. Pois você vê que superei isso. Estou noivo e vou me casar.

A fisionomia de Lennox se iluminou.

— É isso — disse. — Agora sei do que não gostei no seu quadro: o ponto de vista. Não sou ciumento — acrescentou. — Teria gostado mais do quadro se eu fosse. Evidentemente você não dá a mínima à pobre moça. Superou seu amor até bem demais. Você a amou, ela foi indiferente a você, e agora você partiu para a vingança.

Perturbado pela dor, Lennox estava se refugiando num sentimento irracional de raiva.

Baxter estava perplexo.

— Você admite — disse, com um sorriso — que se trata de uma belíssima vingança. — E toda sua autoestima profissional veio em seu socorro.

— Pintei para a Srta. Everett o melhor retrato já pintado na América. Ela própria está muito satisfeita.

— Ah! — disse Lennox, disfarçando magnificamente. — Marian é generosa.

— Vamos lá — insistiu Baxter —, de que está reclamando? Você me acusa de um comportamento escandaloso, e sou forçado a pedir que assuma a responsabilidade por isso.

O sangue de Baxter estava lhe subindo à cabeça e, com ele, sua noção a respeito das qualidades do quadro.

— De que modo distorci a expressão da Srta. Everett? De que modo falseei sua imagem? O que falta ao retrato? Está mal desenhado? É vulgar? É ambíguo? É indecente?

A paciência de Baxter se esgotou ao desfiar essas várias acusações.

— Bobagem — gritou —, sabe tão bem quanto eu que o quadro é excelente.

— Não tenho a intenção de negar isso. Só fico imaginando se Marian pretendia procurá-lo.

Diga-se em favor de Baxter que, ainda assim, se aferrava à sua resolução de não trair a jovem e de, se fosse preciso, deixar que Lennox acreditasse que tinha sido um admirador rejeitado.

— Ah, como você diz — exclamou —, a Srta. Everett é muito generosa.

Lennox foi tolo o bastante para tomar isso como uma admissão.

— Quando digo, Sr. Baxter, que o senhor realizou sua vingança, não quero dizer que tenha feito isso de maneira caprichosa ou consciente. Meu caro, como poderia se impedir de fazer isso? O desapontamento foi proporcional à perda e à reação ao desapontamento.

— Sim, tudo isso pode ter sido assim; mas, enquanto isso, continuo esperando em vão saber onde errei.

Lennox olhou de Baxter para o quadro e do quadro de volta para Baxter.

— Eu o desafio a me dizer — disse Baxter. — Simplesmente fiz com que a Srta. Everett parecesse tão encantadora quanto na vida real.

— Oh, para o inferno com os encantos dela! — gritou Lennox.

— Se o senhor não fosse o cavalheiro — continuou Baxter — que, a despeito do seu temperamento exaltado, sei que é, acreditaria, seria levado a acreditar...

— Bem, seria levado a acreditar...

— Acreditar que o senhor está simplesmente inclinado a baixar o preço do retrato.

Lennox fez um gesto de veemente impaciência. O outro explodiu numa gargalhada e a discussão terminou. Instintivamente, Baxter apanhou os pincéis e se aproximou da tela com o vago desejo de detectar erros latentes, enquanto Lennox se preparava para partir.

— Fique! — disse o pintor, quando o outro já deixava o aposento.

— Se o quadro realmente o ofende, eu vou apagá-lo. Basta mandar — e apanhou um pincel grosseiro encharcado de tinta preta.

Mas Lennox balançou a cabeça de modo decidido e saiu. No momento seguinte, contudo, reapareceu.

— Você *pode* até apagá-lo — disse. — Mas o quadro, é claro, já é meu.

Mas agora Baxter balançava a cabeça.

— Ah! Agora é tarde demais — respondeu. — Deixou escapar sua chance.

Lennox partiu diretamente para os aposentos da Srta. Everett. Marian estava na sala com algumas visitas matinais e seu noivo esperou sentado até que se livrasse delas. Quando ficaram a sós,

Marian começou a rir das visitas e a imitá-las, parodiando alguns de seus trejeitos, o que fazia com infinitos encanto e graça. Mas Lennox a interrompeu e voltou ao assunto do retrato. Havia revisto as objeções da noite anterior; agora as aprovava.

— Mas imagino, Marian — disse —, que agora você deseja procurar o Sr. Baxter.

— E por quê? — perguntou Marian, desconfiada. Percebia que seu amante tinha conhecimento de algo, e estava decidida a não se comprometer até que soubesse o quanto exatamente sabia.

— Um antigo amante é sempre perigoso.

— Um antigo amante? — e Marian ficou ruborizada de modo sincero. Mas rapidamente recuperou a segurança. — Diga-me, por Deus, onde obteve esta notícia encantadora?

— Ah, ela veio à tona — disse Lennox.

Marian hesitou por um instante. E então, com um sorriso:

— Bem, eu fui corajosa — ela disse. — Fui procurá-lo.

— E como — prosseguiu Lennox — você não me contou?

— Contar o quê, meu querido John?

— Ora, sobre a pequena paixão de Baxter. Vamos, não seja modesta.

Modesta! Marian respirou aliviada.

— O que pretende, querido, dizendo à sua esposa para não ser modesta? Por favor, não me pergunte nada a respeito das paixões do Sr. Baxter. O que posso saber sobre elas?

— Não sabia nada a respeito?

— Ah, meu querido, sei até demais para a minha tranquilidade. Mas ele superou bravamente tudo isso. Está noivo.

— Noivo, mas não totalmente indisponível. É um bom sujeito, mas se lembra do seu *penchant*. Foi a maneira que encontrou de evitar que seu quadro acabasse ficando sentimental. Viu você do modo como a fantasiava, do jeito que ele a queria; e lhe conferiu certa expressão do que imagina ser um encanto moral, o que por um triz não veio a estragar o quadro. A imaginação de Baxter não é lá essas coisas, e essa mesma expressão não transmite, na realidade, nada a não ser malevolência. Felizmente é um homem de enorme talento, e um pintor de verdade, e conseguiu realizar um retrato a despeito de si mesmo.

Foi a esses argumentos que Lennox viu-se obrigado a se reduzir, para sufocar os indícios oferecidos pelos seus sentidos. Mas quando um amante começa a duvidar, não consegue parar. Apesar dos sinceros esforços para seguir acreditando em Marian como antes, para aceitá-la sem hesitações ou suspeitas, mostrava-se incapaz de reprimir um impulso para assumir uma constante desconfiança e aversão. O encanto havia se partido e encantos não podem ser reparados. Lennox permaneceu absorto, observando a fisionomia da pobre moça, pesando as palavras dela, analisando seus pensamentos, especulando sobre seus motivos.

O comportamento de Marian durante essa difícil provação foi verdadeiramente heroico. Percebeu que alguma mudança sutil ocorrera nos sentimentos do futuro marido, um sentimento que — ainda que ela estivesse impotente para descobrir as causas — obviamente colocava em risco suas expectativas. Algo se interpusera entre os dois; ela havia perdido metade do seu poder. Estava terrivelmente aflita, e mais ainda porque essa força de caráter superior que atribuía a Lennox poderia agora, ela ponderava, encobrir algum objetivo ousado e de grandes consequências. Poderia ele estar considerando um rompimento pura e simplesmente? Seria sua intenção afastar de seus lábios a doce, saborosa e perfumada taça que significava ser a esposa de um afável milionário? Marian voltou um olhar trêmulo para seu passado e ficou imaginando se teria descoberto alguma nódoa escura. Se era essa a questão, será que não deveria desafiá-lo a fazer isso? Não tinha feito nada de realmente irregular.

Não existia nenhuma mácula visível em sua história. Era ligeiramente desbotada, na verdade, em termos de moral, era marcada por certo tom encardido; mas não se sairia mal se comparada à de outras jovens. Preocupara-se apenas com o prazer; mas não é para isso que as meninas são educadas? No geral, não deveria se sentir tranquila? Assegurou a si mesma que sim; contudo, sentia que, se John pretendia romper o noivado, faria isso com base em objeções altamente abstratas, e não porque ela tivesse cometido uma baixeza a mais ou a menos. Aconteceria simplesmente porque tinha deixado de amá-la. De pouco lhe adiantaria assegurar-lhe que ela iria gentilmente colocar-se acima das circunstâncias e perdoar as obrigações do coração. Contudo, a despeito de sua terrível apreensão, ela continuava a sorrir e a sorrir.

Os dias se passaram e John concordou em manter o noivado. Faltava apenas uma semana para o casamento — seis dias, cinco dias, quatro. O sorriso da Srta. Everett tornou-se menos mecânico. Aparentemente, John estava passando por uma crise — uma crise moral e intelectual, inevitável num homem de sua constituição, e com a qual ela nada tinha a ver. Na véspera do casamento, ele havia sondado o próprio coração; descobrira que não era mais jovem e capaz dos devaneios da paixão, e havia decidido chamar as coisas por seus verdadeiros nomes, e admitir para si mesmo que estava se casando não por amor, mas por amizade, e um pouco — talvez — por prudência. Era apenas em consideração às teorias mais exaltadas a respeito do assunto e que atribuía a Marian que ele se abstinha de lhe revelar essa visão do casamento, mais baseada no senso comum. Essa era a hipótese de Marian.

Lennox tinha marcado seu casamento para a última quinta-feira de outubro. Na sexta-feira anterior, ao passar pela Broadway, parou no ateliê Goupil para saber se suas ordens a respeito da moldura do quadro haviam sido levadas a cabo. A tela tinha sido carregada para

53

a loja e, depois de devidamente emoldurada, a pedido de Baxter e com o consentimento de Lennox, fora colocada por alguns dias na sala de exposição. Lennox subiu para vê-la.

O retrato estava num cavalete no fundo do salão, com três espectadores parados diante dele — um cavalheiro e duas damas. A não ser por essas pessoas, o aposento estava vazio. Ao avançar na direção do quadro, descobriu que o cavalheiro era Baxter. Preparou-se para apresentá-lo às damas que o acompanhavam, sendo que Lennox identificou a mais jovem como a noiva do artista. A outra, a irmã desta, era uma mulher inexpressiva e pálida, com aparência doentia, para quem haviam providenciado uma cadeira e que não fez menção de falar. Baxter explicou que as duas senhoras haviam chegado da Europa no dia anterior, e que sua primeira preocupação havia sido a de lhes mostrar sua obra-prima.

— Sara — disse ele — estava elogiando bastante o modelo em detrimento da cópia.

Sara era uma jovem de 20 anos, alta, de cabelos negros, com feições irregulares, um par de olhos escuros brilhantes e um sorriso radiante com seus dentes brancos — era, visivelmente, uma excelente pessoa. Ela se voltou para Lennox com uma expressão de sincera simpatia e disse numa voz profunda, rica em suas modulações:

— Ela deve ser muito bonita.

— Sim, ela é muito bonita — concordou Lennox, com os olhos fixos no rosto agradável da própria interlocutora. — Precisa conhecê-la, ela precisa conhecer você.

— É claro que teria muito prazer em vê-la — disse Sara.

— Isso é quase tão bom quanto o original — afirmou Lennox.

— O Sr. Baxter é um gênio.

— Sei que o Sr. Baxter é um gênio. Mas o que é um quadro, afinal de contas? Nos últimos dois anos, não vi nada a não ser quadros, e não vi uma única menina bonita.

A jovem ficou olhando o retrato com admiração evidente e, enquanto Baxter se dirigia à mulher mais velha, Lennox examinou longa e discretamente sua noiva. Ela havia colocado a cabeça numa posição quase justaposta à imagem de Marian e, durante o momento seguinte, a jovialidade e a animação que afloraram à fisionomia dela pareceram ofuscar as linhas e as cores da tela. Mas no momento seguinte, enquanto Lennox olhava, o círculo brilhante do rosto de Marian se iluminou de um modo implacável e seus olhos azuis indiferentes o olharam com a familiaridade cínica que os caracterizava.

Despediu-se com um abrupto bom-dia e avançou na direção da porta. Mas, ao lado desta, ele se deteve. *Minha última duquesa*, o quadro de Baxter, estava suspenso na parede. Parou espantado. Era aquele o rosto e a figura que, há um mês, tinham lhe lembrado sua amada? Onde estava a semelhança agora? Parecia totalmente ausente, como se nunca tivesse existido. O quadro, além disso, era bastante inferior ao novo retrato. Olhou para trás na direção de Baxter, quase tentado a pedir uma explicação, ou pelo menos a expressar sua perplexidade. Mas Baxter e sua noiva se haviam abaixado para admirar um pequeno estudo exposto junto ao chão, com suas cabeças numa deliciosa proximidade.

Difícil dizer de que forma a semana se passou. Houve momentos em que Lennox sentiu que a morte era preferível à união sem amor que agora o olhava de frente, e como se a única atitude possível fosse transferir sua propriedade para Marian e pôr um fim à sua existência. Houve outros em que se reconciliou com seu destino. Só lhe restava amarrar num feixe seus antigos sonhos e fantasias e quebrá-los contra o joelho, e pronto, a coisa estaria feita. Será que não poderia juntar em seu lugar um punhado conveniente de expectativas moderadas e racionais e reuni-las de modo a associá-las à iniciativa do casamento? Seu amor estava morto; sua juventude estava morta; e isso era tudo. Não havia por que fazer disso uma tragédia. A vitalidade do seu amor não se revelara muito grande e, já que estava destinada a ter vida curta, era melhor que expirasse antes do casamento, e não depois. Quanto ao casamento, deveria resistir, já que não se tratava necessariamente de uma questão de amor. Faltava-lhe a coerência brutal necessária para privar Marian de seu futuro. Se havia se enganado a seu respeito e a superestimado, o erro fora seu, e seria errado que ela tivesse de pagar por isso. Fossem quais fossem suas limitações, eram profundamente involuntárias, e estava claro que, em relação a ele mesmo, as intenções dela eram boas. Não seria uma companhia, mas pelo menos seria uma esposa fiel.

Com a ajuda dessa lógica impiedosa, Lennox chegou à véspera do dia de seu casamento. Sua atitude em relação à Srta. Everett na semana precedente tinha sido persistentemente terna e gentil. Sentia que, ao perder seu amor, havia perdido também um tesouro opressivo, e ofereceu a ela, em seu lugar, a mais inabalável devoção. Marian o questionara sobre seu abatimento e sua expressão preocupada, e ele tinha respondido que não estava muito bem. Na tarde de quarta-feira, montou seu cavalo e deu um longo passeio. Voltou ao entardecer e foi recebido no saguão por sua velha governanta.

— O retrato da Srta. Everett, senhor — disse ela —, acabou de ser entregue numa moldura linda. Como o senhor não me deu instruções, tomei a liberdade de mandar que o colocassem na biblioteca. Pensei — e a senhora sorriu, cheia de deferência — que o senhor gostaria de tê-lo no próprio quarto.

Lennox foi até a biblioteca. O quadro estava no chão, apoiado contra uma poltrona de espaldar alto e — através da janela — banhado pelos últimos raios horizontais do sol. Deixou-se ficar por alguns instantes diante dele, olhando-o com uma expressão transtornada.

— Que seja! — disse, finalmente. — Marian pode ser aquilo que Deus fez dela; mas *esta* criatura detestável eu não posso nem amar nem respeitar!

Olhou à sua volta com um desespero irritado e seus olhos encontraram um punhal longo e afiado, dado de presente por um amigo que o havia comprado no Oriente, e que permanecia como um ornamento sobre o consolo da lareira. Pegou-o e cravou-o, com uma alegria bárbara, bem no meio do rosto adorável da imagem. Ele o empurrou até embaixo, produzindo um longo rasgo na tela. Então, com meia dúzia de golpes, retalhou-o em vários sentidos, ao acaso. O ato lhe proporcionou um alívio imenso.

Mal preciso acrescentar que no dia seguinte Lennox se casou. Havia trancado a biblioteca ao sair do aposento na noite anterior, e mantinha a chave no bolso do colete enquanto estava de pé diante do altar. Como deixou a cidade imediatamente depois da cerimônia, só depois do retorno, cerca de quinze dias mais tarde, é que o destino do quadro se tornou conhecido. Não é necessário contar como explicou o ocorrido a Marian e como o revelou a Baxter. Pelo menos fingiu manter uma atitude impassível. Corre um rumor de que teria pago ao pintor uma enorme soma. Provavelmente o total deve ter sido exagerado, mas não pode haver dúvida de que o montante foi muito alto. Como ele tem reagido — como está destinado a reagir — ao matrimônio, é algo que seria prematuro tentar determinar. Está casado há apenas três meses.

1868

A madona do futuro

Estivéramos conversando sobre os mestres que haviam conseguido realizar apenas uma única obra-prima — os artistas e poetas que em apenas uma ocasião em sua vida haviam experimentado a inspiração divina e atingido o mais alto nível de perfeição. Nosso hóspede acabara de nos mostrar uma pequena e encantadora pintura de cavalete de um artista cujo nome jamais tínhamos ouvido falar, e que, depois desse único e espasmódico impulso na direção da fama, havia aparentemente recaído na obscuridade e na mediocridade. Ocorreu certa discussão quanto à frequência com que ocorria esse fenômeno. Nesse momento, observei, H. permaneceu sentado em silêncio, terminando seu charuto com uma expressão pensativa, e olhando para o quadro que estava sendo passado de mão em mão ao redor da mesa.

— Não sei até que ponto esse caso é comum — disse, finalmente —, mas já vi acontecer. Conheci um pobre coitado que pintou sua obra-prima única e — acrescentou com um sorriso — nem mesmo a pintou. Para obter fama, ele fez sua aposta, e perdeu.

Todos conhecíamos H. e o tínhamos na conta de uma pessoa inteligente, que vira muitos homens e muitos costumes e que detinha um grande estoque de reminiscências. Alguém imediatamente dirigiu-se a ele, estimulando-o a seguir adiante, e, enquanto observava os arroubos de entusiasmo de meu vizinho de mesa em relação ao pequeno quadro, foi induzido a contar sua história. Se eu tivesse alguma dúvida sobre se vale ou não a pena repetir o caso, bastaria me lembrar de como aquela mulher encantadora, a esposa de nosso anfitrião, que havia deixado a mesa, aventurou-se a voltar, murmurando meio ruborizada uma acusação contra nossa falta de cavalheirismo e, ao nos encontrar dispostos em círculo, prontos para escutar, ela afundou em sua poltrona, a despeito de nossos charutos, e ouviu a história de tão boa vontade que, quando o relato chegou à catástrofe, seu olhar cruzou com o meu, mostrando uma lágrima em cada um de seus belíssimos olhos.

— Diz respeito a minha juventude e à Itália: duas coisas maravilhosas! — começou H. — Tinha chegado tarde da noite em Florença e, enquanto terminava minha garrafa de vinho no jantar, imaginei que, por mais que fosse um viajante experiente, deveria prestar à cidade um tributo melhor do que ir, da forma mais banal, para a cama. Uma passagem estreita enveredava pelas sombras, partindo da pequena praça diante do meu hotel, e parecia abrir caminho até o coração de Florença. Eu a percorri e, ao cabo de dez minutos, emergi numa grande *piazza*, repleta apenas do suave luar do outono. Em frente, erguia-se o Palazzo Vecchio, como uma enorme fortaleza urbana, com o grande campanário destacando-se de sua extremidade fortificada, como um pinheiro do cume de um penhasco. Em sua base, na sombra por ele projetada, reluziam certas esculturas indistintas, das quais me aproximei, admirado. Uma das imagens, à esquerda das portas do palácio, era um magnífico colosso, brilhando em meio à penumbra da noite como uma sentinela após ouvir um alarme. No mesmo instante, reconheci o *Davi*, de Michelangelo. Com certo alívio, desviei minha atenção de sua energia sinistra para uma figura esguia de bronze, instalada sob a arcada aberta e delicada, que contrapõe a elegante e livre extensão de seus arcos à alvenaria pesada do palácio; uma figura supremamente bem proporcionada e graciosa; quase dócil, apesar de segurar com o braço um pouco nervoso a cabeça cheia de serpentes da górgona trucidada. Seu nome é Perseu, e vocês podem ler sua história, não na mitologia grega, mas nas memórias de Bevenuto Cellini. Olhando ora para uma, ora para outra dessas belas figuras, provavelmente murmurei algum inevitável lugar-comum elogioso, pois, como se provocado pela minha voz, um homem levantou-se dos degraus da *loggia*, onde estivera sentado nas sombras, e se dirigiu a mim num inglês fluente: um personagem pequeno e esguio, vestindo uma espécie de túnica de veludo preto (ao que me pareceu), e com um punhado de cabelos castanho-avermelhados, que brilhavam ao luar, saindo por baixo de uma *birreta* medieval. Num tom de insinuante cortesia, perguntou sobre as minhas "impressões". Sua aparência tinha algo de pitoresco, fantástico, ligeiramente irreal. Pairando ali, naquelas imediações célebres, poderia ter passado por um gênio da hospitalidade estética, se o gênio da hospitalidade estética pudesse ser um zelador maltrapilho, fazendo brotar do bolso um lenço branco grosseiro. Essa analogia, contudo, tornou-se ainda mais completa com a fala brilhante com que saudou meu silêncio constrangido.

— Conheço Florença há muito tempo, senhor, mas nunca a vi tão adorável como esta noite. É como se os fantasmas do seu passado estivessem soltos pelas ruas desertas. O presente está dormindo; o passado paira sobre nós como um sonho tornado visível. Imagine os antigos florentinos passeando aos pares para oferecer suas opiniões sobre a mais recente performance de Michelangelo, de Bevenuto! Poderíamos desfrutar de uma lição preciosa se pudéssemos entreouvir o que dizem. O mais simplório burguês entre eles, metido em seu gorro e sua camisola, tinha gosto pelo assunto! Esse foi o ápice da arte, senhor. O sol brilhava alto no céu, e sua luz intensa, ampla e uniforme iluminava os cantos mais sombrios e tornava claros os olhos mais obtusos. Vivemos no entardecer dos tempos! Andamos tateando na penumbra cinzenta, segurando cada um sua pobre e mesquinha vela de sabedoria egoísta e dolorosa diante dos grandes modelos e da ideia obscura, e não conseguindo enxergar nada a não ser uma grandeza e escuridão esmagadoras. A era das luzes ficou para trás! Mas sabe que fico imaginando... imaginando... — E de repente tornou-se quase familiar ao ser tomado por esse fervor visionário. Imagino a luz daquele tempo caindo sobre nós por uma hora! Nunca vi o Davi tão imponente, e Perseu tão belo! Mesmo as obras de qualidade inferior de Gianbologna e de Baccio Bandinelli parecem realizar o sonho do artista. Tenho a sensação de que o ar banhado pela luz da lua está carregado com os segredos dos mestres; é como se, parados aqui numa atitude de atenção religiosa, pudéssemos... pudéssemos presenciar uma revelação!

Percebendo nesse momento — suponho — minha compreensão hesitante expressa na perplexidade estampada em meu rosto, esse curioso declamador calou-se, ruborizado. Então, com um sorriso melancólico, disse:

— Suponho que deva estar me tomando por um charlatão excitado pela ação do luar. Não costumo ficar rondando a *piazza*, saltando sobre turistas inocentes. Mas esta noite, confesso, pareço estar sob algum encanto. E então, de algum modo, imaginei que você também fosse um artista!

— Não sou um artista, lamento dizer, no sentido que você dá à palavra. Mas não há por que se desculpar. Também me encontro sob a ação do mesmo encanto, e suas observações eloquentes apenas aprofundaram seu efeito.

— Se não é um artista, poderia muito bem ser um! — continuou, com um sorriso expressivo. — Um jovem que chega a Florença tarde da noite e, em vez de prosaicamente recolher-se a sua cama, ou se debruçar sobre seu guia turístico no hotel, sai caminhando sem perda de tempo para render homenagem ao belo, é um jovem com um espírito semelhante ao meu!

O mistério subitamente foi esclarecido; meu amigo era americano! Só podia ser, para se deixar empolgar de tal forma pelo pitoresco.

— Mais ainda, acredito — respondi —, quando se trata de um sórdido nova-iorquino.

— Nova-iorquinos têm sido generosos patronos da arte! — respondeu, com cortesia.

Por um momento fiquei preocupado. Seria esse devaneio noturno um mero empreendimento ianque e ele simplesmente um artista desesperado, ali instalado para extrair a "contribuição" de um turista caminhando ao acaso? Mas não foi necessário que me defendesse. Uma grandiosa nota ressoou repentinamente vinda do sino de bronze no alto do campanário, dando a primeira batida da meia-noite. Meu interlocutor estremeceu, desculpou-se por me importunar, e preparou-se para se retirar. Mas ele parecia representar de tal modo uma promessa de diversão que não me senti inclinado a me separar dele, e sugeri que caminhássemos de volta juntos. Ele concordou, de forma cordial. Desse modo, deixamos a *piazza* e passamos sob as arcadas cheias de estátuas da Galeria Uffizi, e fomos dar nas margens do Arno. Qual caminho tomamos mal consigo me lembrar, mas vagamos lentamente por uma hora, enquanto meu acompanhante me oferecia aos poucos, à luz da lua, trechos de uma palestra sobre estética. Ouvi tomado por um fascínio e com certa perplexidade, e me pus a imaginar quem diabos seria ele. Com um aceno de cabeça a um só tempo melancólico e respeitoso, confessou sua origem americana.

— Somos os deserdados pela arte! — gritou. — Estamos condenados a ser superficiais! Estamos excluídos do círculo mágico. O solo da sensibilidade americana é uma camada estéril de sedimentos artificiais. Sim! Estamos fadados à imperfeição. Para se sobressair, um americano precisa aprender dez vezes mais do que um europeu. Falta-nos a capacidade de sentir mais profundamente. Não temos nem gosto, nem tato, nem força. E como haveríamos de ter? Nosso ambiente grosseiro e vulgar, nosso passado silencioso, nosso presente ensurdecedor, a pressão constante dessas circunstâncias desagradáveis estão tão desprovidos de tudo que alimenta e anima e inspira o artista quanto meu coração está desprovido de amargura ao afirmar isso! Nós, pobres aspirantes, somos forçados a viver no exílio perpétuo.

— Você parece se sentir em casa no exílio — respondi — e Florença parece uma Sibéria muito bonita. Mas sabe o que eu mesmo penso? Nada é mais inútil do que falar da falta de nutrientes do nosso solo, de oportunidades, de inspiração e tudo o mais. O que importa é fazer algo de valor! Não há nenhuma lei na nossa gloriosa constituição contra isso. Invente, crie, realize! Pouco importa se precisa estudar cinquenta vezes mais do que um deles! Para que, afinal, servem os artistas? Seja você mesmo um Moisés — acrescentei, rindo, e, pondo minha mão sobre seu ombro — e nos mostre o caminho para deixar a servidão!

— Palavras de ouro... palavras de ouro, meu jovem! — gritou, sorrindo com brandura. — "Invente, crie, realize!" Sim, esse é o nosso ofício, eu sei bem disso. Não me tome, que Deus me perdoe, por um desses resmungões estéreis, cínicos impotentes que não dispõem nem de talento nem de fé! Eu trabalho! — E olhou ao redor, abaixando a voz, como se tratasse de algum tipo peculiar de segredo. — Trabalho dia e noite. Estou às voltas com uma *criação*! Não sou nenhum Moisés, apenas um pobre artista paciente, mas seria maravilhoso se pudesse fazer brotar para correr em nosso solo seco um pequeno córrego de beleza! Não me tome por um monstro de presunção — continuou, ao me ver sorrir diante da avidez com que se apropriou da minha imagem. — Confesso que estou num desses estados de espírito em que coisas grandiosas parecem possíveis! Essa é uma das minhas noites em que me deixo levar pelos nervos e eu sonho acordado! Quando o vento sul sopra sobre Florença à meia-noite, parece atrair a alma de todas as belas coisas trancadas em igrejas e galerias; elas entram no meu pequeno estúdio com a luz da lua, fazem meu coração bater mais forte, forte demais para que eu consiga descansar. Você vê que estou sempre acrescentando um pensamento à minha concepção! Nesta noite, senti que não podia dormir sem antes comungar com o espírito do Buonarotti!

Parecia profundamente versado na história e na tradição locais e estendeu-se *con amore* sobre os encantos de Florença. Disso concluí que era um antigo residente, e que acolhera no seu coração aquela cidade adorável.

— Devo tudo a ela — declarou. — Só depois de vir para cá é que passei realmente a viver, intelectualmente. Um a um, todos os desejos profanos, todos os objetivos mundanos, foram ficando pelo caminho, e não me deixaram nada a não ser meu lápis, meu pequeno bloco de desenhos — e ele bateu no volume do bolso na altura do peito — e o culto dos mestres puros, aqueles que eram puros porque eram inocentes, e aqueles que eram puros porque eram fortes!

— E tem se mostrado produtivo durante todo esse tempo? — perguntei com simpatia.

Ficou em silêncio por um instante antes de responder.

— Não no sentido vulgar da palavra! — exclamou, afinal. — Decidi jamais me manifestar por meio de alguma imperfeição. O que há de bom em cada desempenho foi reabsorvido por mim numa força generativa de novas criações; o que há de ruim, e há sempre muito disso, destruí cuidadosamente. Devo dizer, com alguma satisfação, que não acrescentei ao mundo a mínima parcela que seja de lixo. Como prova da minha probidade — e se interrompeu, olhando-me com extraordinária franqueza, como se a prova estivesse para ser esmagadora —, nunca vendi um único quadro! "Pelo menos nenhum comerciante faz negociatas com meu coração!" Lembra-se desse verso de Browning? Meu pequeno estúdio jamais foi profanado por trabalho superficial, exaltado, mercenário. É um templo dedicado ao labor e ao prazer! Longa é a arte. Se trabalharmos para nós mesmos, é claro que devemos nos apressar. Se trabalharmos para ela, devemos parar às vezes. Ela pode esperar!

E, com isso, chegamos à porta do meu hotel, em parte para meu alívio, confesso, pois já me sentia em condições desiguais na companhia de um gênio de fibra tão heroica. Deixei-o, contudo, não sem expressar a esperança de que viéssemos a nos encontrar novamente. Na manhã seguinte, minha curiosidade não tinha diminuído; estava ansioso para vê-lo à luz trivial do dia. Esperava encontrá-lo em um dos muitos recantos pictóricos de Florença, e não levou muito tempo para que fosse recompensado. Eu o achei pela manhã na Tribuna da Uffizi — esta pequena sala do tesouro, que guarda coisas mundialmente famosas. Dera as costas para a Vênus de Medici e, com os braços apoiados na haste de ferro que protege os quadros, a cabeça enterrada nas mãos, estava absorto na contemplação desse magnífico tríptico de Andrea Mantegna — uma obra que não possuía nem o esplendor material nem a energia inspiradora de algumas das que estavam a seu lado, mas que, fulgurante, graças ao encanto irradiado pelo trabalho paciente, talvez atenda a uma necessidade mais constante da alma. Durante algum tempo, olhei por cima do ombro na direção daquele quadro; por fim, com um profundo suspiro, virou-se e nossos olhares se encontraram. Ao me reconhecer, seu rosto ficou fortemente ruborizado; talvez tivesse imaginado que fizera um papel de tolo na noite anterior. Mas a expressão amistosa com que lhe estendi a mão afastou qualquer ideia de que pudesse vir a zombar dele. Reconheci-o pela sua *che-*

velure exuberante; pois sua aparência estava bastante modificada. A disposição que o dominara à meia-noite havia ficado para trás e parecia tão abatido como um ator à luz do dia. Era bem mais velho do que supunha, e expressava menos bravura nas suas roupas e atitude. Aparentava ser o artista tranquilo, pobre e paciente que havia se proclamado, e o fato de jamais ter vendido um quadro era mais óbvio do que glorioso. Seu casaco de veludo estava puído e seu chapéu pequeno e mal-ajeitado, de um padrão antiquado, revelava um aspecto tosco que o distinguia como uma peça "original", e não uma das reproduções pitorescas que se multiplicam entre os que se ocupam do seu ofício. Seu olhar era brando e pesaroso, e sua expressão, curiosamente dócil e conciliatória; mais ainda devido a certa magreza esmaecida do rosto, a qual não sabia a que atribuir, se ao fogo em que ardia sua genialidade ou se a uma dieta minguada. Algumas poucas palavras, contudo, bastaram para clarear sua mente e trazer de volta sua eloquência.

— E esta é sua primeira visita a estes salões encantados? — gritou. — Abençoada, três vezes abençoada esta juventude!

E, pegando-me pelo braço, preparou-se para me conduzir a cada uma das obras célebres, mostrando o que havia de melhor na galeria. Mas antes de nos afastarmos do Mantegna, apertou meu braço e lançou à tela um olhar enternecido.

— *Ele* não estava com pressa — murmurou. — Ele nada sabia da grosseira Pressa, meia-irmã da Demora!

Se meu amigo era um crítico equilibrado, não tenho condições de saber, mas era extremamente divertido, transbordando de opiniões, teorias e simpatias, com arrazoados, fofocas e casos. Era um pouco sentimental demais para o meu gosto, e imagino que mostrasse uma queda exagerada por opiniões infinitamente rebuscadas e uma inclinação para descobrir intenções sutis em situações rasas. Em certos momentos, também mergulhava no mar da metafísica, e se debatia por alguns instantes em águas profundas demais para oferecer segurança intelectual. Mas seu conhecimento inesgotável e suas opiniões de grande felicidade revelavam uma história comovente de longas horas nessa companhia reverente. Havia ali, naquela cultura devotada à oportunidade, uma censura aos meus passeios pouco proveitosos.

— Há dois estados de espírito — lembro de ele ter dito — em que podemos andar pelas galerias: a disposição crítica e a ideal. Podem nos dominar quando bem entenderem e nunca somos capazes de dizer de qual delas é a vez naquele momento. Curiosamente, o estado de espírito crítico é o mais afável, o amistoso, o condescendente. Aprecia as belas trivialidades da arte, sua esperteza vulgar, seus encantos conscientes. Dispõe sempre de uma saudação gentil para tudo que tem sob os olhos, como se, de acordo com sua luz, o pintor sentisse prazer ao fazê-lo: os pequenos repolhos e caldeirões holandeses, os dedos finos e os mantos leves das Madonas mais recentes, as pequenas paisagens céticas italianas com suas colinas azuis e atmosfera pastoral. E há então os dias de ansiedade violenta e desdenhosa, banquetes solenes para o intelecto, em que todo esforço vulgar e todo sucesso mesquinho é um aborrecimento, e tudo que não seja o melhor, o melhor do melhor, inspira repulsa. Nesses momentos, somos os implacáveis aristocratas do gosto. Não daremos carta branca a Michelangelo. Não vamos engolir qualquer coisa de Rafael!

A Galeria Uffizi não é rica apenas pelo que possui, mas particularmente privilegiada graças a este belo acidente arquitetural, como poderíamos chamar, que a une — tendo entre os dois o rio e a cidade — aos suntuosos aposentos do Palácio Pitti. O Louvre e o Vaticano dificilmente nos oferecem essa sensação de inclusão segura proporcionada por esses longos corredores projetados sobre a rua e o curso d'água para estabelecer uma espécie de transição inviolada entre os dois palácios dedicados à arte. Passamos ao longo da galeria, na qual esses desenhos preciosos, feitos por mãos célebres, estão expostos de modo casto e sombrio sobre os redemoinhos e murmúrios do Arno amarelado, e alcançam os salões ducais do Pitti. Ducais ou não, é preciso confessar que, como salas de exposição, eles são imperfeitos, e que, com suas janelas dispostas em profundidade e detalhes arquitetônicos pesados, deixam chegar apenas uma luz debilitada às paredes em que os quadros estão pendurados. Mas aqui são tantas as obras-primas que parecemos vê-las em meio a uma atmosfera luminosa própria delas. E os amplos salões, com seus magníficos tetos sombrios, sua parede exterior mergulhada em sombra esplêndida, e em frente a ela, o brilho lúgubre do lado das telas envelhecidas e das dourações em meio à penumbra, formam por si só um quadro quase tão belo quanto os Ticianos e Rafaéis que revelam de modo imperfeito. Nós nos detivemos por alguns instantes diante de muitas obras de Rafael e Ticiano, mas percebi que meu amigo estava impaciente e deixei que afinal me conduzisse diretamente ao objetivo de nossa jornada — a mais bela das virgens de Rafael, a Madona da Cadeira. De todos os melhores quadros do mundo, a mim parecia que este era o que menos tinha a ver com qualquer coisa relacionada à crítica. Nenhum outro revela menos esforço, um papel menor do mecanismo do sucesso e da irreprimível divergência entre concepção e resultado, que pode ser entrevisto em tantas obras de alta qualidade. Encantadora, humana, inspirando tanto nossa simpatia, nada tem que lembre uma maneira, um método, nada, quase, de um estilo; a tela floresce numa suavidade de contornos bem delineados, como se o instinto tivesse se somado à harmonia, como se fosse uma exalação imediata de genialidade. A figura faz com que a mente do espectador se dissolva numa espécie de ternura apaixonada que ele não sabe a que atribuir: se à pureza celestial ou ao encanto terreno. Ele se mostra intoxicado com a fragrância da mais terna flor de maternidade já brotada da terra.

— É isso que chamo de um grande quadro — disse meu companheiro depois de o contemplarmos em silêncio por alguns instantes. — Tenho o direito de dizer isso, pois já pintei cópias dele com tanta frequência e com tanto esmero que agora seria capaz de repeti-lo de olhos fechados. Outras obras são de Rafael: esta *é* o próprio Rafael. Outras podem ser louvadas, qualificadas, aferidas, explicadas, justificadas: esta só podemos amar e admirar. Não sei com que aparência circulou entre os homens enquanto esse estado de espírito divino o dominava, mas, depois disso, com certeza não lhe restava outra coisa a não ser morrer; este mundo nada mais tinha a lhe ensinar. Reflita por um instante, meu amigo, e vai admitir que não estou delirando. Pense nele vendo essa imagem imaculada, não por um momento, por um dia, num sonho feliz, ou num acesso de febre; não como um poeta em cinco minutos de exaltação, tempo suficiente para captar sua expressão e rabiscar sua estrofe imortal; mas ao longo de dias inteiros, enquanto prosseguia o lento trabalho do pincel; enquanto os vapores da vida se espalhavam, e a fantasia sofria com a tensão, fixa, radiante, distinta, como a vemos agora! Que mestre, com certeza! Mas, ah! Como ele sabia ver!

— Não acha — respondi — que deve ter tido uma modelo, alguma bela jovem...

— Por favor, que fosse a mais bela jovem! Isso não diminui em nada o milagre! A sugestão pode ter partido daí, é claro, e a jovem possivelmente posou, sorrindo, diante da sua tela. Mas, nesse meio tempo, a ideia do pintor havia alçado voo. Nenhum contorno humano, por mais adorável que fosse, poderia encantá-lo para reduzi-lo a um fato vulgar. Ele viu uma bela forma tornada perfeita; sem estremecer, ergueu-se à altura da visão, sem fazer nenhum esforço; esteve cara a cara com ela e concedeu àquela pureza uma verdade mais bela e mais adorável, que acaba por completá-la da mesma forma que uma fragrância completa uma rosa. É o que chamam de idealismo; abusaram muito da palavra, mas a coisa em si é boa. De qualquer forma, é o meu credo. Adorável Madona, a um só tempo modelo e musa, eu a convoco para testemunhar que também sou um idealista!

— Um idealista, então — disse eu, como que brincando, desejando provocá-lo para que ele se pronunciasse mais uma vez — é um cavalheiro que diz à própria Natureza na pessoa de uma linda jovem: "Saia daqui, você é toda errada! O que há de belo em você é grosseiro, seu brilho é sombrio, seu encanto é *gaucherie*. Esse aqui é o jeito com que deveria ter sido feita!" Não acha que tem poucas chances?

Ele se virou na minha direção quase aborrecido, mas, percebendo a cordialidade com que expressava meu sarcasmo, sorriu com certa solenidade.

— Olhe este quadro — disse — e pare com essa zombaria irreverente! Idealismo é *isso*! Não cabe explicação; é preciso sentir a chama! Não diz nada à Natureza, ou a qualquer linda jovem, que ambas não perdoariam! Diz à bela mulher: "Aceite-me como seu amigo artista, empreste-me seu rosto maravilhoso, confie em mim, ajude-me e seus olhos serão metade da minha obra!" Ninguém ama e respeita as ricas realidades da natureza como o artista cuja imaginação as acaricia e lisonjeia. Ele sabe o que pode haver num fato (se Rafael sabia disso, podemos julgar pelo seu retrato, atrás de nós, pintado por Tommaso Inghirami); sua fantasia paira, sinistra, sobre ele, da mesma forma que pairava sobre o príncipe adormecido. Há apenas um Rafael. E não importa quão mau fosse, ainda seria um artista. Como disse na noite passada, a era das luzes ficou para trás; são raras as visões; é preciso olhar muito para vê-las. Mas, por meio da meditação, ainda podemos cultivar o ideal; aprimorá-lo, suavizá-lo, aperfeiçoá-lo. O resultado — nesse ponto, sua voz subitamente hesitou, e seus olhos se detiveram um momento no quadro; quando seus olhos cruzaram com os meus, estavam úmidos —, o resultado pode ser menos do que isso; mas ainda pode ser bom, pode ser *notável*! — gritou, com veemência. — Pode ficar exposto, no futuro, em excelente companhia, e manter acesa a memória do artista. Pense em permanecer conhecido pela humanidade da maneira como acontece aqui! Enquanto os séculos passam lentamente, ter sua obra exposta ao olhar de um mundo transformado; continuando a viver, e viver graças à sagacidade de um olhar e de uma mão que são parte da poeira dos séculos, um prazer e uma lei para gerações remotas; fazendo da beleza uma força e da pureza, um exemplo!

— Deus me livre — disse, sorrindo — de querer esfriar seu entusiasmo! Mas a você não ocorre que Rafael, além da força de sua genialidade, também estava feliz em contar com certa boa-fé, a qual parecemos ter perdido? Existem pessoas, sei, que negam que essas Madonas imaculadas sejam algo mais do que loiras bonitas de uma época realçada pelo toque de Rafael, considerado por eles como um toque profano. Seja como for, as necessidades religiosas e estéticas das pessoas andavam lado a lado e havia, se é que posso me expressar assim, uma ânsia pela Virgem Abençoada, visível e adorável, que deve ter investido a mão do artista de maior firmeza. Temo que agora não se anseie mais por isso.

Meu companheiro parecia dolorosamente perplexo. Era como se estremecesse diante dessa explosão arrepiante de ceticismo. Então, balançando a cabeça com sublime confiança:

— Há sempre uma ânsia! — gritou. — Este tipo inexprimível é uma eterna necessidade do coração humano; mas almas piedosas anseiam por isso em silêncio, quase com vergonha. Deixa que isso surja, e a fé deles acabará adquirindo coragem. De que modo *poderia* aparecer nessa geração corrupta? Isso não pode acontecer por meio de uma ordem. Poderia, sim, quando esta ordem vinha, acompanhada pelo som das trombetas, dos lábios da própria igreja e era dirigida à genialidade palpitando de inspiração. Mas agora só pode brotar do solo trabalhado com paixão pela cultura e pelo esforço. Realmente imagina que a imagem possa perecer, enquanto nasce no mundo um homem com uma visão artística completa? O homem que a pintou, pintou tudo o mais. O tema admite todo tipo de perfeição: de forma, cor, expressão, composição. Pode ser tão simples como quiser, e ainda assim magnífico na mesma medida; tão abrangente e puro e, ainda assim, repleto de detalhes delicados. Pense na oportunidade proporcionada pela carne na pequena criança nua, irradiando divindade; na oportunidade dos drapejados na casta e exuberante vestimenta da mãe! Pense na história gigantesca que se comprime neste tema simples! Pense, acima de tudo, no rosto da mãe e no que tem de inevitavelmente sugestivo, no fardo no qual se confundem prazer e infortúnio, a ternura transformada em devoção, e a devoção transformada numa piedade destinada a perdurar! Então, olhe tudo isso disposto em linhas perfeitas em beleza e em cores lindas, em verdade e beleza e genialidade palpitantes!

— *Anche io sono pittore*! — exclamei. — A não ser que me engane, você tem uma obra-prima em preparo. Se puser tudo isso nela, fará mais do que o próprio Rafael conseguiu. Não deixe de me avisar quando o quadro estiver concluído, e, esteja onde estiver por este mundo afora, vou tratar de voltar a Florença para render meu tributo à *Madona do futuro*!

Ficou intensamente ruborizado e soltou um profundo suspiro, parte protesto, parte resignação.

— Sequer menciono meu quadro pelo nome. Deteste esse costume moderno de recorrer à publicidade prematura. Uma grande obra necessita de silêncio, privacidade, até mesmo mistério. E também, você sabe, as pessoas são tão cruéis, tão frívolas, tão incapazes de imaginar um homem desejando pintar uma madona a esta altura da história que já fui motivo de riso, de riso, sim senhor! — E o seu rubor tornou-se ainda mais forte. — Não sei o que me levou a ser tão sincero e a confiar tanto em você. Parece incapaz de rir de mim. Meu caro jovem — e pôs a mão no meu braço —, mereço respeito. Sejam lá quais forem meus talentos, sou honesto. Não há nada de grotesco numa ambição pura ou numa vida dedicada a ela.

Havia algo de tão implacavelmente sincero em seu olhar e em seu tom de voz que me pareceu impertinente fazer mais perguntas. Contudo, vim a ter inúmeras oportunidades de fazê-las, já que, depois dessa ocasião, passamos muito tempo juntos. Durante cerca de duas semanas, marcamos encontros para visitarmos os pontos interessantes da cidade. Conhecia-a tão bem, tinha passeado e perambulado com tanta frequência por suas ruas e igrejas e galerias, era tão profundamente informado a respeito de suas memórias, grandiosas ou insignificantes, tão impregnado pelo espírito do lugar, que vinha a ser um *valet de place* ideal, e fiquei mais do que contente em deixar em casa meu guia turístico Murray, e colher tanto fatos quanto opiniões a partir de suas fofocas e comentários. Falava de Florença como um amante, e admitia ter com ela um caso muito antigo; apaixonara-se à primeira vista.

— É costume nos referirmos a todas as cidades usando o feminino — disse — mas, em geral, trata-se de um erro monstruoso. Florença seria do mesmo sexo que Nova York ou Chicago? Entre todas, é ela a única a ser uma perfeita dama; em relação a ela nos sentimos como um sujeito se sente diante de uma linda mulher mais madura que tenha uma "história". Ela nos inspira certa vontade de sermos galantes.

Essa paixão desinteressada parecia situar meu amigo no plano das ligações sociais habituais; levava uma vida solitária e não se importava com nada a não ser o trabalho. Fiquei devidamente lisonjeado

74

com o fato de se ter sentido interessado pela minha frívola pessoa e de ter sacrificado horas preciosas em minha companhia. Passamos muitas dessas horas entre as pinturas dos chamados primitivos, nas quais Florença é tão rica, voltando várias vezes, animados por uma incansável simpatia, para imaginar se essas delicadas florações da arte não teriam uma fragrância e um sabor vitais, mais preciosos do que o conhecimento do fruto plenamente amadurecido das obras de períodos posteriores. Permanecemos muitas vezes na capela sepulcral de San Lorenzo e ficávamos olhando o rosto sombrio do guerreiro de Michelangelo sentado lá como algum terrível Espírito da Dúvida e refletindo, por trás de sua eterna máscara, a respeito dos mistérios da vida. Mais de uma vez, permanecemos nos pequenos aposentos do convento em que Fra Angelico trabalhou como se um anjo realmente tivesse guiado sua mão e apreendido esta sensação de orvalhos espalhados e notas emitidas pelos pássaros ao amanhecer, que faz uma hora passada entre suas relíquias parecer com uma caminhada matinal em algum jardim de um monastério. Fizemos tudo isso e muito mais: vagamos por capelas escuras, pátios úmidos e salas de palácio empoeiradas, em busca de vestígios remanescentes de afrescos e preciosidades esculpidas à nossa espreita.

Mostrava-me cada vez mais impressionado com a obstinação com que meu companheiro aferrava-se a um único propósito. Tudo era um pretexto para algum devaneio ou declamação exaltada delirantemente idealista. Nada podia ser visto ou dito sem, mais cedo ou mais tarde, conduzi-lo a um discurso arrebatado sobre o verdadeiro, o maravilhoso e o bom. Se meu amigo não era um gênio, certamente era um monomaníaco; e descobri ser tão fascinante observar os aspectos incomuns e as nuanças de seu temperamento, como seria examinar uma criatura de outro planeta. Realmente parecia saber muito pouco a respeito do nosso, e vivia e se deslocava em seu próprio pequeno território da arte. Impossível conceber criatura menos maculada pelo mundo, e muitas vezes considerei uma falha no seu temperamento de artista o fato de não ter um ou dois vícios inofensivos. Às vezes divertia-me imensamente pensar que ele pertencia à nossa astuta raça ianque; mas, afinal, não poderia haver melhor prova de sua origem americana do que o modo altamente apaixonado com que encarava a estética. O calor mesmo de sua devoção era um indício de conversão; os que tiveram a oportunidade de nascer europeus possuíam maior facilidade para reconciliar entusiasmo e contentamento. Era dominado, além disso, por nossa típica desconfiança em relação à discrição intelectual e ao nosso gosto pelos superlativos retumbantes. Como crítico, era bem mais generoso do que justo, e suas expressões mais moderadas de aprovação eram "estupendo", "transcendente" e "incomparável". Uma mudança sutil em termos de admiração lhe parecia indigna de um cavalheiro; e, contudo, honesto como era em termos intelectuais, no plano pessoal se apresentava como um completo mistério. De algum modo, as declarações com que anunciava seus princípios eram meias declarações, e as alusões ao seu trabalho e às circunstâncias que o cercavam deixavam como pano de fundo algo de obscuramente ambíguo. Era modesto e orgulhoso, e nunca falava de seus problemas domésticos. Era evidentemente pobre. No entanto, devia conservar alguma independência ainda que frágil, já que podia se dar o luxo de comentar com jovialidade o fato de seu ideal de beleza jamais lhe ter rendido um centavo. Sua pobreza, eu supunha, era o motivo de não me convidar a visitar seus aposentos, nem mencionar sua localização. Costumávamos nos encontrar ou em algum lugar público ou no meu hotel, onde o tratava da forma mais generosa possível sem parecer ser movido pela caridade. Parecia sempre faminto, e esse era o único aspecto no qual se aproximava da baixeza humana. Fiz questão de não lhe fazer perguntas impertinentes, mas, a cada vez que nos víamos, arriscava-me a fazer alguma alusão respeitosa à sua *magnum opus*, a procurar saber a respeito de sua condição e dos progressos feitos.

— Estamos avançando, com a ajuda de Deus — ele diria, com um sorriso solene. — Estamos indo bem. Veja você, tenho a vantagem de não desperdiçar tempo algum. Estas horas que passo com você são de grande proveito. Elas são *sugestivas*! Da mesma forma que a alma verdadeiramente religiosa está sempre dedicada ao culto, o autêntico artista está sempre trabalhando. Pega aquilo que lhe pertence onde quer que encontre, e aprende algum segredo precioso de todo objeto que se destaque sob a luz. Se soubesse o êxtase a que pode levar a observação! A cada olhar, capto alguma sugestão de luz, cor ou relevo! Ao voltar para casa, derramo meus tesouros no colo da minha pequena Madona. Ah, não estou ocioso! *Nulla dies sine linea.*

Em Florença, fui apresentado a uma dama americana cuja sala havia muito se transformara num atraente ponto de encontro para estrangeiros residentes. Ela morava num quarto andar e não era rica; mas oferecia aos seus visitantes um chá excelente, bolinhos à vontade e uma conversação sem igual. Sua conversa apresentava um sabor sobretudo estético, pois a Sra. Coventry era famosa por considerar-se "artística". Seu apartamento era uma espécie de Palácio Pitti *au petit pied.* Possuía "mestres primitivos" às dúzias — um lote de Peruginos na sala de jantar, um Giotto em seu *boudoir*, um Andrea del Sarto em cima do suporte da lareira, além de inúmeros bronzes, mosaicos, pratos de majolica e pequenos dípticos ruídos por vermes, cobertos de santos esquálidos dispostos contra painéis dourados; nossa anfitriã exibia a dignidade de uma espécie de alta sacerdotisa das artes. Sempre trazia em seu colo uma grande cópia em miniatura da *Madonna della Seggiola.* Ao merecer discretamente sua atenção certa noite, perguntei-lhe se conhecia aquele homem notável, o Sr. Theobald.

— Conhecê-lo! — exclamou. — Conhecer o pobre Theobald! Florença inteira o conhece, seus cachos ruivos, seu casaco de veludo preto, suas ladainhas intermináveis sobre o belo, e sua extraordinária Madona jamais vista pelos olhos de mortal algum e pela qual mesmo uma paciência infinita há muito desistiu de esperar.

— É mesmo verdade — exclamei — que não acredita em sua Madona?

— Meu caro e ingênuo jovem — prosseguiu minha amiga perspicaz —, ele conseguiu convertê-lo? Bem, todos nós já acreditamos nele uma vez. Ele se lançou sobre Florença e tomou a cidade de assalto. Era, no mínimo, um novo Rafael que havia nascido entre os homens, e os pobres Estados Unidos estariam destinados a se orgulhar dele. Não tinha os mesmos cabelos de Rafael se derramando sobre seus ombros? Os cabelos, mas infelizmente não a cabeça! No entanto, acreditamos em sua história; acreditávamos em tudo que saía de seus lábios e anunciamos aos quatro ventos sua genialidade. Todas as mulheres estavam loucas para ter seus retratos pintados e ser imortalizadas por ele, como a Gioconda de Leonardo. Decidimos que sua atitude lembrava a de Leonardo — misterioso, inescrutável e fascinante. Misterioso com certeza era; tudo se resumia ao mistério. Os meses se passaram e o milagre transformou-se num fiasco; nosso mestre nunca produziu sua obra-prima. Passava horas nas galerias e igrejas, fazendo poses, meditando e contemplando; falava mais do que nunca sobre o belo, porém jamais chegou a encostar o pincel numa tela. Todos nós havíamos assinado uma subscrição, como se estivéssemos prestes a testemunhar uma grande performance; mas à medida que nada resultava daquilo, as pessoas começaram a pedir seu dinheiro de volta. Fui uma das últimas das fiéis; mantive minha devoção a ponto de posar numa sessão para que pintasse minha cabeça. Se você visse a criatura horrível em que ele me transformou, admitiria que mesmo uma mulher cuja vaidade se limitasse a amarrar direito seu toucado àquela altura já teria perdido todo o entusiasmo. O homem não domina sequer as regras mais elementares do desenho! Seu ponto forte, insinuava, era seu sentimento; mas, quando uma pessoa foi pintada como algo horripilante, pode servir de consolação o fato de seu retrato ter sido feito com um entusiasmo incomum? Um a um, confesso, abandonamos nossa fé, e o Sr. Theobald não se deu o trabalho de erguer um dedo mindinho para nos preservar. À primeira insinuação de que estávamos cansados de esperar, e que gostaríamos que o espetáculo começasse, afastou-se aborrecido. "Grandes obras exigem tempo, contemplação, privacidade, mistério! Oh, vocês, os de pouca fé!" Respondemos que não insistíamos numa grande obra; que a tragédia em cinco atos poderia surgir quando bem entendesse; que estávamos apenas pedindo por algo que nos impedisse de bocejar, algum expediente menor para entreter a plateia. Nesse ponto, o pobre homem assumiu firmemente o papel de gênio incompreendido, e perseguido, uma *âme méconue*, e a partir daquele momento nada mais quis saber a nosso respeito! Não, acredito que me honra ao me considerar a mentora e representante da conspiração montada para podar sua glória ainda botão, um botão que levou vinte anos para florir. Pergunte-lhe se me conhece, e dirá que sou uma velha horrivelmente feia, que jurou destruí-lo porque não quis pintar seu retrato de modo a fazer um *pendant* com a Flora de Ticiano. Imagino que, desde então, só conte com admiradores colhidos ao acaso, estrangeiros inocentes como você, que acreditaram em tudo que ele diz. A montanha continua em trabalho de parto; não ouvi falar que o rato tenha nascido. De vez em quando cruzo com ele nas galerias, e ele fixa seus grandes olhos negros em mim com uma indiferença que beira o sublime, como se eu fosse uma cópia ruim de um Sassoferrato! Já tem muito tempo que ouvi falar que estaria fazendo estudos para uma Madona destinada a ser um resumo de todas as Madonas da escola italiana, como aquela Vênus da antiguidade que tomou emprestado o nariz de uma grande imagem e o tornozelo de outra. A ideia certamente é magistral. As partes podem ser bonitas, mas, quando penso no meu infeliz retrato, chego a tremer pelo todo. Comunicou essa ideia surpreendente, exigindo uma promessa solene de segredo, a cinquenta espíritos seletos, a qualquer um a quem tivesse arrancado cinco minutos de atenção. Suponho que, com isso, ele pretenda que alguém lhe faça uma encomenda, e não o condeno por isso; pois Deus sabe como consegue viver. Estou vendo pelo seu rosto ruborizado — minha anfitriã prosseguiu com franqueza — que foi agraciado com a confiança dele. Não precisa envergonhar-se, meu jovem. Na sua idade, certa credulidade generosa só depõe a seu favor. Só permita que lhe dê um conselho: deixe sua credulidade do lado de fora do seu bolso! Não pague até que o quadro seja entregue. Imagino que não tenha deixado que dê uma espiada! Nem você, nem seus cinquenta predecessores nesta fé. Há quem duvide até mesmo que exista algum quadro para ser visto. Eu mesma imagino que, se alguém conseguisse entrar no seu estúdio, encontraria algo como o quadro da história de Balzac: uma mera massa de rabiscos e borrões incoerentes, uma mixórdia de tinta morta!

Escutei essa narrativa comovente tomado por um espanto mudo. Parecia dolorosamente plausível, e não deixava de coincidir com certas suspeitas reservadas que eu já alimentava. Minha anfitriã era não apenas uma mulher inteligente, como também supostamente generosa. Decidi manter meu julgamento em suspenso à espera dos acontecimentos. É possível que estivesse certa; mas, se estivesse errada, estava cruelmente errada! Sua versão a respeito das excentricidades de meu amigo me deixaram impaciente para vê-lo de novo e examiná-lo à luz da opinião pública. No nosso encontro seguinte, perguntei-lhe imediatamente se conhecia a Sra. Coventry. Ele pôs a mão no meu braço e me deu um sorriso triste.

— Ela finalmente pôs à prova sua gentileza? — perguntou. — É uma mulher tola. É frívola e fria, e finge ser séria e gentil. Tagarela sobre o segundo estilo de Giotto e sobre a ligação entre Vittoria Colonna e "Miguel" (seria de se pensar que Michelangelo mora do outro lado da rua e fosse esperado a qualquer momento para jogar cartas), mas ela entende tanto de arte e das condições em que é produzida quanto eu entendo de budismo. Ela comete uma profanação contra palavras sagradas — acrescentou com maior veemência, após uma pausa. — Só se importa conosco para aumentar o número de xícaras de chá naquela pérfida salinha de visitas, com seus Peruginos falsos! Se alguém não é capaz de despejar um quadro novo a cada três dias e deixar que a tela passe de mão em mão entre seus convidados, ela lhes diz com todas as letras que se trata de um impostor!

Essa minha tentativa de testar a veracidade da Sra. Coventry foi realizada durante uma caminhada ao fim da tarde até a pacata velha igreja de San Miniato, numa das colinas voltadas diretamente para a cidade, a partir de cujos portões somos guiados por uma aleia calçada de pedras e ladeada de ciprestes, que parece uma via mais do que apropriada para um santuário. Nenhum outro lugar é mais adequado para uma parada de descanso quanto o amplo terraço diante da igreja, onde, debruçando-se sobre o parapeito, é possível alternar o olhar lentamente entre os mármores pretos e amarelos da fachada da igreja, marcados e rachados pelo tempo, no qual, semeada pelo vento, uma flora peculiar havia brotado, e lá embaixo para as cúpulas e torres esguias de Florença e, mais além, para a ampla extensão azul da taça formada pelas montanhas no interior da qual repousava o pequeno tesouro que era aquela cidade. Havia proposto como uma distração para as memórias dolorosas evocadas pelo nome da Sra. Coventry, que Theobald me acompanhasse na noite seguinte à ópera, onde alguma peça raramente executada seria apresentada.

Ele recusou, como eu em parte já esperava, pois havia percebido que costumava sempre se recolher ao entardecer e nunca fazia qualquer alusão ao modo como passava as noites.

— Você já chamou minha atenção — eu disse, sorrindo — para aquele discurso encantador do pintor florentino em *Lorenzaccio*, de Alfred de Musset: "Não faço mal a ninguém. Passo os dias no meu estúdio. Aos domingos, vou a Annunziata ou a Santa Mario; os monges acham que tenho a voz bonita; eles me vestem com uma camisola branca e um gorro vermelho, e participo dos coros. Às vezes, faço um pequeno solo: essas são as únicas ocasiões em que apareço em público. Ao entardecer, visito minha amada; quando o tempo está bom, passamos a noite na sua sacada." Não sei se você tem uma amada, ou se ela dispõe de uma sacada. Mas, se tem esta sorte, com certeza é bem melhor do que tentar descobrir o encanto de uma prima-dona de terceira categoria.

No momento não fez nenhuma menção de responder, mas finalmente voltou-se para mim solenemente.

— É capaz de contemplar uma linda mulher com um olhar reverente?

— Na verdade não pretendo parecer acanhado, mas odiaria pensar que sou indecoroso.

E eu lhe perguntei o que diabos queria dizer. Quando, afinal, assegurei-lhe que era capaz de amenizar minha admiração com uma dose de respeito, ele me informou, com uma expressão de mistério religioso, que estava em seu poder a possibilidade de me apresentar à mulher mais bela da Itália: "Uma beldade com uma alma!"

— Palavra de honra — exclamei —, você tem muita sorte, e essa é uma descrição mais do que tentadora.

— A beleza dessa mulher — prosseguiu — é uma lição, uma moral, um poema! Eu a estudo todos os dias.

É claro que, depois disso, não demorei em lembrá-lo do que, antes de nos separarmos, havia adquirido os contornos de uma promessa.

— De alguma forma, sinto — disse — como se fosse uma espécie de violação daquela privacidade na qual sempre contemplei sua beleza. Isso é amizade. Nenhum indício de sua existência sequer escapou dos meus lábios até hoje. Mas, com uma familiaridade excessiva, acabamos perdendo o sentido do real valor das coisas, e talvez você possa lançar uma nova luz sobre ela e oferecer a respeito dela uma nova interpretação.

De acordo com o combinado, fomos até certa casa no centro de Florença — na área do Mercato Vecchio — e subimos uma escadaria sombria e íngreme, até o topo da construção. A beldade de Theobald parecia ser exaltada de modo tão sublime acima da linha da visão dos mortais comuns quanto seu ideal artístico se elevava acima do costume habitual dos homens. Sem bater, passou para o vestíbulo escuro de um pequeno apartamento e, abrindo uma porta interna, introduziu-me num pequeno salão. O aposento parecia miserável e escuro, ainda que tenha vislumbrado de relance cortinas brancas balançando delicadamente junto a uma janela aberta. À mesa, ao lado de um lampião, estava sentada uma mulher vestida de preto, trabalhando num bordado. Quando Theobald entrou, ela ergueu os olhos calmamente, com um sorriso; porém, ao me ver, ela teve um gesto de surpresa, e levantou-se com uma dignidade que tinha certa nobreza. Theobald deu um passo à frente, tomou sua mão e beijou-a, com uma atitude indescritível, que sugeria um costume adotado desde tempos imemoriais. A um aceno de cabeça da parte dele, ela me dirigiu um olhar e penso ter ficado ruborizada.

— Contemple Serafina! — disse Theobald, de modo franco, estimulando-me a dar um passo à frente. — Este é um amigo meu e amante das artes — acrescentou, apresentando-me.

Recebi um sorriso, uma reverência e um convite para que me sentasse.

A mulher mais linda da Itália era uma pessoa que irradiava a típica generosidade italiana e expressava simplicidade em sua maneira de ser. Sentada novamente junto ao seu lampião, com seu bordado, parecia nada ter a dizer. Theobald, inclinado em sua direção e dominado por uma espécie de êxtase platônico, em tom paternal lhe fez uma série de perguntas a respeito da sua saúde, seu estado de espírito, suas ocupações e os progressos no seu bordado, que examinou minuciosamente e me intimou a admirar. Era uma parte de alguma veste eclesiástica: seda amarela trabalhada num padrão elaborado com detalhes em prateado e dourado. Ela respondia numa voz bonita, mas com uma concisão que hesitei em atribuir ora ao decoro típico da sua terra, ora ao constrangimento profano provocado pela minha presença. Naquela manhã, ela fora se confessar; também tinha ido até o mercado, e havia comprado uma galinha para o jantar. Estava muito feliz, não tinha nada do que se queixar, a não ser pelo fato de as pessoas para quem estava costurando aquela peça de roupa, e que haviam fornecido o material, se disporem a usar fios de prata de tão baixa qualidade numa vestimenta que, por assim dizer, pertencia ao Senhor. De tempos em tempos, enquanto dava os pontos lentamente, erguia a cabeça e me lançava um olhar que a princípio parecia transmitir uma serena curiosidade, mas no qual, ao vê-lo repetidas vezes, julguei perceber o fraco lampejo de uma tentativa de estabelecer um entendimento comigo à custa do nosso companheiro. Enquanto isso, com o maior cuidado possível para obedecer ao pedido de Theobald por reverência, considerei os encantos pessoais da dama à luz dos belos elogios que lhe havia dirigido.

Que ela era realmente uma bela mulher, isso percebi, depois de me recobrar da surpresa de descobri-la já sem o frescor da juventude.

Sua beleza era de um quê, com o passar da juventude, perde pouco da essência do seu encanto, expresso como era, em maior parte, em forma e estrutura, e, como Theobald teria dito, em "composição". Era ampla e larga, sua fronte estreita exibia olhos grandes, negros e baços. Seu cabelo castanho e espesso pendia até embaixo, cobrindo sua orelha e sua face, parecendo envolver a cabeça com uma cobertura tão casta e formal quanto o véu de uma noiva. O porte e a postura da sua cabeça exibiam uma liberdade e uma nobreza admiráveis, e eram tanto mais efetivos quanto sua liberdade era, por momentos, discretamente corrigida, por uma pequena inclinação que tinha algo de afetação religiosa, e que se harmonizava admiravelmente com seus olhos escuros e tranquilos. Uma natureza física forte e serena, e o temperamento calmo de quem não enfrenta nem tensão, nem problemas, pareciam compor o confortável dote daquela dama. Estava vestida toda com um preto fosco, a não ser por um tipo de xale azul-escuro, dobrado sobre seu busto e que deixava à mostra uma parte de sua ampla garganta. Sobre esse xale estava pendurada uma pequena cruz de prata. Eu a admirava imensamente, e ainda assim com bastante reserva. Uma leve apatia intelectual certamente fazia parte do seu tipo de beleza, e sempre parecia aprimorá-la e aumentá-la; mas esta Egeria *bourgeoise*, se a julgava corretamente, deixava entrever em sua mente uma estagnação bastante vulgar. Pode ser que tenha existido alguma vez uma pálida luz espiritual em seu rosto; mas há muito tinha começado a se dissipar. E, além disso, falando de forma bem direta, estava se tornando corpulenta. Meu desapontamento quase chegara a um completo desencanto quando Theobald, como se para facilitar meu discreto exame, declarando que a luz do lampião estava muito fraca, e que ela arruinaria sua vista se não tivesse mais luz, levantou-se e buscou um par de velas no consolo da lareira, acendendo-as sobre a mesa. Sob essa iluminação mais intensa, percebi claramente que nossa anfitriã era decididamente uma mulher idosa. Não estava arrasada, nem envelhecida, nem grisalha; era simplesmente tosca. A "alma" prometida por Theobald mal parecia justificar aquela observação; não apresentava um mistério mais profundo do que uma espécie de brandura, expressa na boca e na fronte, típica de uma matrona. Deveria estar pronto a declarar até que a inclinação da cabeça em que vi algo de religioso nada mais era do que um trejeito de uma pessoa constantemente ocupada em bordar. Até me ocorreu a possibilidade de ser um truque de um tipo menos inocente; pois, a despeito da branda serenidade de seu espírito, esta bordadeira de dimensões imponentes deixava escapar uma insinuação de que levava aquela situação muito menos a sério do que seu amigo. Quando ele se levantou para acender as velas, ela lançou na minha direção um olhar rápido e inteligente, e bateu na testa com o indicador; no entanto, dominado por um súbito sentimento de piedosa lealdade para com o pobre Theobald, como eu mantivesse meu rosto impassível, ela deu de ombros e retomou seu trabalho.

Que relação unia esse casal singular? Era ele o mais ardoroso dos amigos ou o mais reverenciado dos amantes? Ela o considerava como um pretendente excêntrico, cuja admiração benevolente por sua beleza tolerava de bom grado em troca do pequeno preço de vê-lo subir até sua modesta sala e conversar amenidades nas noites de verão? Com seu vestido recatado e triste, sua compostura simples e essa bela peça de bordado sacerdotal, ela parecia como alguma integrante laica de uma irmandade devota, que vivesse fora dos muros do seu convento graças a alguma autorização especial. Ou seria mantida por seu amigo ali, isolada, num estado de confortável indolência, de modo que pudesse ter diante dele o tipo perfeito, eterno, não corrompido ou maculado devido à luta pela existência? Suas mãos bem torneadas, observei, eram muito bonitas e brancas; faltavam a elas indícios do que chamamos de trabalho honesto.

— E seus quadros, como vão? — perguntou ela a Theobald, depois de uma longa pausa.

— Finalmente, finalmente! Tenho aqui um amigo que, com sua simpatia e seu estímulo, renovou minha fé e meu ânimo.

Nossa anfitriã virou-se para mim por um momento de um modo um tanto enigmático, e então, tocando a fronte com o dedo no gesto feito um minuto antes, disse:

— Tem um talento extraordinário — afirmou, de modo solene.

— Estou inclinado a acreditar que sim — respondi com um sorriso.

— Ei, por que está sorrindo? — exclamou ela. — Se duvida disso, precisa ver o *bambino*!

E pegou a lamparina, conduzindo-me até o outro lado do aposento, onde, pendurado na parede, numa modesta moldura preta, estava um grande desenho, feito em giz vermelho. Abaixo dele estava fixada uma pequena pia de água benta. O desenho retratava uma criança muito pequena, totalmente nua, como que aconchegada junto à camisola da mãe, mas com seus dois pequenos braços esticados, como em pleno ato de conceder uma bênção. Havia sido realizado com uma liberdade e uma energia singulares, e, contudo, transmitia a vivacidade do frescor sagrado da infância. Uma espécie de elegância e graça inocentes, combinadas com sua ousadia, lembrava o toque de Correggio.

— É isso que é capaz de fazer! — disse minha anfitriã. — É o menininho abençoado que perdi. É a imagem exata dele, e o *signor* Theobaldo me deu de presente. Também me deu muitas outras coisas!

Olhei para a imagem durante algum tempo e com imensa admiração. Voltando-me para Theobald, assegurei-lhe que se estivesse exposto entre os desenhos da Galeria Uffizi e com uma identificação atribuindo-o a um nome glorioso, o desenho passaria muito bem pela prova. Meu elogio pareceu lhe proporcionar um prazer extremo; ele apertou minhas mãos e seus oihos se encheram de lágrimas. Aparentemente a comoção suscitou nele o desejo de discorrer sobre a história do desenho, pois se levantou e despediu-se da nossa acompanhante, beijando sua mão com o mesmo ardor moderado de antes. A mim ocorreu que uma demonstração semelhante de galanteria da minha parte poderia me ajudar a descobrir que tipo de mulher era ela. Quando percebeu minha intenção, ela retirou a mão, baixou os olhos solenemente e me dirigiu uma reverência. Theobald pegou-me pelo braço e me conduziu rapidamente para a rua.

— E então, o que achou da divina Serafina? — exclamou com paixão.

— É realmente um estilo excelente em termos de beleza — respondi.

Olhou-me por um instante com o canto do olho e então pareceu ser carregado adiante por uma lembrança.

— Devia ter visto a mãe e a criança juntas, ver ambas da maneira como as vi pela primeira vez: a mãe com sua cabeça envolvida por um xale, uma preocupação divina na expressão estampada no rosto, e o *bambino* apertado contra o peito. Poderia se dizer, penso, que Rafael tinha encontrado casualmente uma imagem à sua altura. Numa noite de verão, estava voltando para casa depois de uma longa caminhada pelo campo, quando encontrei com esta aparição no portão da cidade. A mulher estendeu a mão. Nem sabia o que deveria fazer, perguntar "O que você quer?" ou cair de joelhos em adoração. Ela pediu por um pouco de dinheiro. Vi que era linda e pálida; poderia ter saído de um estábulo de Belém! Dei-lhe dinheiro e a ajudei acompanhando-a pela cidade. Havia adivinhado sua história. Também ela era uma mãe solteira e, tomada pela vergonha, tinha saído pelo mundo afora. Senti em todo o meu ser que encontrara ali um tema maravilhosamente elaborado. Senti-me como um daqueles antigos pintores monges que tivesse deparado com uma visão. Salvei as pobres criaturas, tratei-as com carinho, observei-as como se tratasse de uma obra de arte preciosa, algum adorável fragmento de um afresco descoberto num mosteiro em ruínas. Um mês depois, como se deliberadamente para aprofundar e santificar toda a tristeza e o encanto, a pobre criança morreu. Quando sentiu que ele estava partindo, ela o segurou diante de mim por dez minutos, e fiz este esboço. Suponho que tenha percebido nele certa urgência febril; queria poupar ao pequeno mortal a dor provocada pela sua posição. Depois disso, minha estima pela mãe dobrou. Ela é a criatura mais simples, mais doce e natural que já floresceu nesta valente e antiga terra da Itália. Vive pela memória do seu filho, da gratidão pelas parcas gentilezas que consegui lhe demonstrar, e pela sua religião simples! Sequer tem consciência de sua beleza; minha admiração nunca a tornou vaidosa. Deus sabe que não faço segredo dela. Deve ter observado a singular transparência de sua expressão, a adorável modéstia do seu olhar. E já houve alguma vez semblante mais virginal, uma elegância natural tão clássica nas ondas de seus cabelos e no arco da sua fronte? Já a estudei; posso dizer que a conheço. Eu a absorvi pouco a pouco; minha mente está marcada e impregnada, e agora estou determinado a fixar a impressão; finalmente vou convidá-la a posar para mim!

— Finalmente, finalmente? — repeti, bastante espantado. — Quer dizer que ela ainda não fez isso?

— Ainda não contei realmente com uma... uma... sessão — disse Theobald, falando bem lentamente. — Tomei algumas notas, você sabe; captei minha grande impressão fundamental. Isso é o mais importante! Mas na verdade ainda não a tive como um modelo, posando, devidamente vestida e iluminada, diante do meu cavalete.

O que naquele momento foi feito da minha percepção e do meu tato não sei ao certo; na ausência deles, fui incapaz de reprimir uma exclamação arrebatada. Estava fadado a me arrepender disso. Tínhamos nos detido ao dobrar uma esquina, sob um lampião.

— Meu pobre amigo — exclamei, pondo minha mão no seu ombro —, desperdiçou sua chance! Ela está velha; velha demais para uma Madona!

Foi como se o tivesse golpeado brutalmente; jamais esquecerei o olhar demorado, lento, quase fantasmagórico, a expressão de dor com que me respondeu.

— Desperdiçar? Velha, velha? — gaguejou. — Está brincando?

— E como estaria, meu caro, suponho que não a tome por uma mulher de 20 anos?

Tomou fôlego, aspirando profundamente, e recostou-se contra a parede de uma casa, olhando para mim com olhos que expressavam questionamento, protesto e desaprovação. Por fim, avançando novamente e segurando meu braço, disse:

— Responda-me solenemente: ela lhe parece mesmo velha? Ela está enrugada, murcha; estarei cego?

Então compreendi finalmente a enormidade de sua ilusão, como, um a um, os anos tinham se passado silenciosamente e o abandonado naquela indolência encantada, preparando-se eternamente para um trabalho sempre adiado. Parecia-me agora quase um ato de gentileza contar-lhe toda a verdade.

— Lamentaria dizer que você está cego — respondi —, mas acho que se iludiu. Perdeu tempo entregando-se a uma contemplação cômoda. Sua amiga foi um dia jovem, viçosa e virginal; mas, insisto, isso foi há alguns anos. Contudo, ela ainda possui *beaux restes*. Não hesite em fazê-la posar para você.

Não consegui prosseguir; seu rosto exibia uma expressão de terrível desaprovação. Ele tirou o chapéu e, num gesto mecânico, ficou passando o lenço na testa.

— *De beaux restes?* Obrigado por me poupar o inglês vulgar. Terei de construir minha Madona a partir de *beaux restes!* Que obra-prima ela será! Velha, velha! Velha, velha! — murmurava.

— Não dê importância à idade dela! — exclamei, revoltado com o acabara de fazer. — Esqueça a impressão que ela me causou! Tem sua memória, suas anotações, seu gênio. Termine seu quadro num mês. Declaro-o de antemão uma obra-prima e desde já ofereço por ele qualquer soma que estiver disposto a pedir.

Olhava-me fixamente, mas mal parecia me compreender.

— Velha; velha! — seguia repetindo estupidamente. — Se ela é uma velha, eu o que sou? Se sua beleza perdeu o viço, onde... onde está minha força? Será que a vida tem sido um sonho? Será que a cultuei por um tempo longo demais? Será que amei demais?

Na verdade, o encanto havia se quebrado. O fato de que a corda da ilusão arrebentara ao meu leve toque, um gesto acidental, mostrava até que ponto ela havia se enfraquecido pela tensão excessiva. A sensação de tempo perdido, de uma oportunidade desperdiçada, parecia se descortinar diante da sua alma em ondas de escuridão. De repente abaixou a cabeça e começou a chorar.

Acompanhei-o até a sua casa, da maneira mais afetuosa possível, mas não tentei nem refrear sua dor, nem fazer com que recobrasse o equilíbrio, nem voltar atrás na dura verdade que havia dito. Quando chegamos ao meu hotel, tentei convencê-lo a entrar.

— Beberemos uma taça de vinho — disse, sorrindo — à conclusão da Madona.

Com um violento esforço ergueu a cabeça, refletiu por um momento franzindo a testa de modo extraordinariamente sombrio, e então, me estendendo a mão, disse:

— Vou terminá-la — exclamou — em um mês! Não, em quinze dias! Afinal, eu a tenho *aqui!* — e tocou a testa com o dedo. — É claro que está velha! Ela pode se dar o luxo de ser chamada disso;

uma mulher que fez com que vinte anos se passassem como doze meses! Velha, velha! Bem, cavalheiro, ela há de ser eterna!

Queria vê-lo chegar são e salvo à própria casa, mas me afastou com um gesto e seguiu adiante com uma atitude decidida, assobiando e balançando sua bengala. Esperei por um momento e então eu o segui a distância, e o vi se preparar para cruzar a ponte de Santa Trinità. Quando alcançou a metade dela, parou subitamente, como se suas forças o tivessem abandonado, e se debruçou sobre o parapeito, contemplando o rio. Tive o cuidado de não o perder de vista; confesso que passei alguns minutos bastante nervosos. Por fim recuperou-se, e seguiu seu caminho, lentamente e balançando a cabeça.

O fato de ter realmente sacudido o pobre Theobald, levando-o a dar uma finalidade mais ousada às reservas há muito armazenadas de conhecimento e bom gosto, impelindo-o ao esforço vulgar e arriscado da produção, por si só parecia à primeira vista motivo forte o bastante para explicar seu prolongado silêncio e sua ausência; mas, à medida que os dias foram se passando sem que me procurasse ou me enviasse um bilhete qualquer, e sem que o encontrasse nos recantos habituais, nas galerias, na capela em San Lorenzo, ou perambulando entre as margens do Arno e a grande área ocupada por uma sebe que, com seu verde, ao longo do parque da Cascine, proporciona um alívio tão conveniente aos elegantes passageiros das *barouches* e das *phaetons* que por ali passam — como se passasse mais de uma semana sem ter notícias ou tê-lo visto, comecei a temer que o tivesse mortalmente ofendido, e que, em vez de dar poderoso impulso ao seu talento, eu o houvesse paralisado de forma brutal. Alimentava uma infeliz suspeita de que o fizera ficar doente. Minha estada em Florença estava chegando ao final, e era importante que, antes de retomar minha viagem, eu me assegurasse da verdade. Até o fim Theobald tinha feito mistério a respeito dos seus aposentos e não fazia a menor ideia de onde procurá-lo. O caminho mais simples era tentar obter uma resposta da beldade do Mercato Vecchio, e devo confessar que uma curiosidade insatisfeita em relação à própria dama também pesou na minha decisão. Talvez eu tivesse sido injusto e ela fosse tão imortalmente viçosa e bela quanto a imaginava. De qualquer modo estava ansioso para contemplar mais uma vez a mulher sedutora e já madura que fizera passar vinte anos como se fossem doze meses. Certa manhã, encaminhei-me, portanto, para a sua residência, subi a interminável escada e cheguei até sua porta. Ela estava entreaberta e, enquanto hesitava em entrar, uma pequena criada veio para fora com estardalhaço segurando um caldeirão vazio, como se tivesse acabado de realizar alguma tarefa associada ao seu apetite. Também a porta interior estava aberta; de modo que atravessei o pequeno vestíbulo e entrei no aposento no qual havia sido recebido da outra vez. Não apresentava o mesmo aspecto noturno. A mesa, ou uma de suas extremidades, estava posta para um café da manhã tardio, e diante dela se encontrava sentado um cavalheiro — ou pelo menos um indivíduo do sexo masculino — lidando com um bife com cebolas e uma garrafa de vinho. Junto do seu cotovelo, numa proximidade que sugeria um grau de amizade, estava a dona da casa. Sua atitude, no momento em que entrei, nada apresentava de sedutora. Com a mão ela segurava no colo um prato de macarrão fumegante; com a outra havia erguido bem alto um dos filamentos oscilantes desse suculento composto, e estava prestes a fazê-lo escorregar delicadamente garganta abaixo. No lado da mesa sem toalha, diante do seu acompanhante, jaziam enfileiradas meia dúzia de estatuetas feitas de alguma substância cor de rapé, parecendo terracota. Gesticulando de forma eloquente com sua faca, parecia exaltar os seus méritos.

Evidentemente, minha presença lançou uma sombra no aposento. Minha anfitriã deixou cair o macarrão dentro da sua boca e levantou-se às pressas emitindo uma exclamação em tom áspero e mostrando um rosto ruborizado. Percebi imediatamente que o segredo da *signora* Serafina era ainda mais valioso do que imaginara, e que o melhor modo de descobri-lo era fingir já conhecê-lo. Recorri ao meu melhor italiano, sorri, fiz uma reverência e me desculpei por minha intromissão; e num momento, tivesse ou não dissipado a irritação da senhora, tinha pelo menos estimulado sua prudência. Era bem-vindo, ela disse; devia me sentar. Aquele era outro amigo seu — também um artista, anunciou com um sorriso quase amável. Seu companheiro enxugou o bigode e inclinou-se com grande cortesia. Num instante percebi que estava à altura da situação. Era supostamente o autor das estatuetas sobre a mesa, e sabia reconhecer uma provinciana de quem pudesse arrancar dinheiro. Era um homem pequeno, porém rijo e vigoroso, com um nariz esperto, impudente e arrebitado, olhos negros pequenos e alertas, e com as pontas do bigode enceradas. Caído de lado na cabeça usava de modo atrevido um pequeno gorro de dormir em veludo carmim e observei que seus pés estavam enfiados em chinelos brilhantes. Ao ouvir de Serafina a observação de que eu era amigo do Sr. Theobald, ele desandou a falar nesse francês fantástico no qual certos italianos insistem em ser pródigos, e anunciou em tom exaltado que o Sr. Theobald era um gênio magnífico.

— Estou certo de não saber isso — respondi, dando de ombros. — Se o senhor está em condições de afirmá-lo, então está em vantagem em relação a mim. Não vi nada feito pela mão dele a não ser o *bambino* ali, que certamente é excelente.

Declarou que o *bambino* era uma obra-prima, puro Corregio. Só lamentava, acrescentou, dando uma risada que indicava um conhecedor, que o desenho não tivesse sido feito em alguma peça de madeira envelhecida. A altiva Serafina protestou, então, que o Sr. Theobald era a própria encarnação da honra, e jamais se sujeitaria a compactuar com uma fraude.

— Não posso avaliar a genialidade de ninguém — disse — e nada sei de quadros. Não passo de uma simples e pobre viúva, mas sei que o *signor* Theobald tem o coração de um anjo e a virtude de um santo. É o meu benfeitor — acrescentou num tom decidido.

Um vestígio do rubor de algo sinistro que havia aflorado ao seu rosto ao me cumprimentar ainda permanecia na sua face, e talvez não favorecesse sua beleza; só podia especular que Theobald demonstrava sabedoria ao manter o hábito de visitá-la apenas à luz de velas. Serafina tinha algo de tosco, e seu pobre adorador era um poeta.

— Tenho a maior estima por ele — disse. — É por essa razão que estou aflito por não o ver há já dez dias. Você o viu? Será que está doente?

— Doente! Deus não permita! — gritou Serafina, com uma veemência sincera.

Seu companheiro murmurou uma rápida exclamação, censurando-a por não o ter procurado. Ela hesitou por um momento; então murmurou uma queixa e calou-se, como que ofendida.

— Ele vem me ver, sem nenhuma reprovação! Mas não seria a mesma coisa para mim se tivesse de ir até ele, ainda que se possa dizer que seja um homem que leva uma vida quase santa.

— Ele tem a maior admiração por você — disse. — Teria ficado honrado em receber sua visita.

Por um momento ela me dirigiu um olhar penetrante.

— Admiração maior do que a que você sente. Admita isto!

É claro que protestei com toda a eloquência que estava ao meu alcance, e minha anfitriã misteriosa confessou então que não havia simpatizado comigo na primeira visita, e que, como Theobald não voltou, acreditou que eu o havia influenciado de modo a fazer com que se voltasse contra ela.

— Não teria sido nada gentil com aquele pobre cavalheiro, posso lhe garantir isto — disse. — Tem vindo me ver todas as noites há anos. É uma antiga amizade! Ninguém o conhece tão bem quanto eu.

— Não tenho a pretensão de conhecê-lo ou de compreendê-lo — afirmei. — Ele é um mistério! No entanto, ele me parece um pouco — e toquei a testa com o dedo e balancei a mão no ar.

Serafina olhou por um instante para o seu companheiro, como se buscasse inspiração. Ele se contentou em dar de ombros enquanto enchia um copo de vinho novamente. A *padrona* lançou-me logo em seguida um sorriso mais ternamente insinuante do que seria de se esperar num semblante tão inocente.

— É por isso que o amo! — ela disse. — O mundo mostra tão pouca gentileza com pessoas assim. O mundo ri delas e as despreza, e as engana. É bom demais para essa vida perversa! Imagina ter encontrado esse pequeno Paraíso aqui em meus pobres aposentos. Se pensa assim, como posso impedir? Ele tem uma crença estranha, na verdade, deveria ter vergonha de contar-lhe, de que pareço com a Virgem Maria: que Deus me perdoe! Deixo que pense o que bem entende, contanto que isso o faça feliz. Foi muito gentil comigo certa vez, e não sou do tipo que esquece um favor. De modo que o recebo educadamente todas as noites, e pergunto sobre sua saúde, e deixo que olhe para mim deste lado e do outro! Quanto a isso, posso dizer sem vaidade que, no passado, já mereci ser admirada! E nem sempre é divertido, o coitado! Às vezes se senta sem dizer uma única palavra durante uma hora, ou então tagarela sem parar, sobre arte e natureza, e beleza, e dever, e mais mil outras belíssimas coisas que são grego para mim. Imploro que compreenda que ele jamais me disse uma palavra sequer que não pudesse ser ouvida com toda decência. Pode não ser muito bom da cabeça, mas é um dos santos abençoados.

— Ei! — exclamou o homem. — Aqueles santos todos também não eram bons da cabeça!

Serafina, imaginei, deixara de contar parte da sua história, mas contou o suficiente para fazer com que o relato do pobre Theobald parecesse intensamente patético em sua simplicidade exaltada.

— É claro que é uma estranha fatalidade ter como amigo esse homem de quem gosto; um amigo que é menos do que um amante e mais do que um amigo.

Olhei de relance para o homem, que manteve um sorriso enigmático, torceu a ponta do bigode e mastigou uma porção generosa. Era *ele* menos do que um amante?

— Mas o que você quer? — continuou Serafina. — Nesse mundo cruel não devemos fazer muitas perguntas; temos de aceitar o que recebemos e manter o que conseguimos. Por vinte anos mantive meu bom amigo e com certeza espero que, a essa altura da vida, *signore*, não esteja vindo aqui para jogá-lo contra mim!

Assegurei-lhe que não tinha essa intenção e que lamentaria imensamente se viesse a perturbar os hábitos e convicções do Sr. Theobald. Ao contrário, estava preocupado com ele e iria imediatamente sair à sua procura. Ela me deu o seu endereço e fez um relato floreado a respeito dos seus sofrimentos desde o desaparecimento dele. Não o havia procurado por uma série de razões; a principal delas era por temer contrariá-lo, já que sempre fizera muito mistério sobre os seus aposentos.

— Poderia ter enviado este cavalheiro! — me arrisquei a sugerir.

— Ah — exclamou o cavalheiro —, ele admira a *signora* Serafina, mas não iria me admirar.

E então, confidencialmente, tocando o dedo no nariz:

— É um purista!

Já me preparava para sair, depois de prometer que a informaria a respeito das condições de meu amigo, quando o homem que lhe fazia companhia e que havia se levantado da mesa e arregaçado as mangas preparando-se aparentemente para a investida, pegou-me delicadamente pelo braço e me conduziu até as estatuetas.

— Vejo pela sua conversa, *signore*, que é um patrono das artes. Permita-me solicitar sua distinta atenção para estes modestos produtos da minha própria criatividade. São absolutamente novos, acabaram de sair do meu ateliê, e nunca foram exibidos em público. Trouxe-as aqui para receber o veredicto desta prezada senhora, que é uma crítica competente, por mais que finja não ser. Sou o inventor desse estilo peculiar de estatuetas, no que diz respeito ao tema, estilo, material, tudo. Toque nelas, eu lhe peço; manuseie-as à vontade; não precisa ter medo. Por mais que pareçam frágeis, é impossível que se quebrem! Minhas várias criações tiveram sucesso. São especialmente apreciadas pelos americanos. Já as mandei para a Europa inteira: para Londres, Paris, Viena! Pode ser que tenha visto alguns espécimes em Paris, no Boulevard, numa loja especializada nelas. Há sempre uma multidão na vitrina. Elas compõem um efeito decorativo bastante agradável sobre o consolo da lareira de um jovem solteiro ou para o *boudoir* de uma bela mulher. Não poderia encontrar presente mais bonito para uma pessoa em que quisesse pregar uma peça inocente. É claro que não se trata de arte clássica, *signore*, claro que não; mas, cá entre nós, a arte clássica não é às vezes um tanto maçante? A caricatura, o burlesco, *la charge*, como dizem os franceses, ficou até aqui confinada ao papel, à pena e ao lápis. Agora tive a inspiração de introduzi-la na estatuária. Com esse objetivo inventei um composto plástico especial que peço sua permissão para não revelar. Este é o meu segredo, *signore*! Veja bem, é leve como cortiça, e contudo, firme como alabastro! Confesso que me orgulho tanto deste pequeno toque de engenhosidade química quanto do outro elemento de novidade nas minhas criações: os meus tipos. O que diz dos meus tipos, *signore*! A ideia é ousada; não lhe parece que fui feliz? Gatos e macacos — macacos e gatos — toda a vida humana está aí! Vida humana, claro, quero dizer vista com o olhar do satirista! Combinar escultura e sátira, *signore*, tem sido minha ambição sem precedentes. Posso me gabar de não ter fracassado totalmente.

Depois de proferir seu convincente discurso, este animado Juvenal do consolo de lareira apanhou sucessivamente seus pequenos grupos da mesa, segurou-os no ar, virou-os de um lado e de outro, deu leves pancadas com os nós dos dedos, e admirou as peças amorosamente, com a cabeça inclinada para o lado. Cada um deles consistia num gato e num macaco, vestidos com trajes fantásticos, em alguma associação sentimental absurda. Exibiam certa semelhança quanto ao motivo e ilustravam basicamente as diferentes fases do que poderia ser descrito, em termos delicados, como galanteria e coquetismo; mas sua expressão era notavelmente inteligente, sendo ao mesmo tempo bastante perfeitos enquanto gatos e macacos e bastante naturais como homens e mulheres. Confesso, no entanto, que não consegui achá-los divertidos. Não estava, é certo, num estado de espírito propício para apreciá-los, pois me pareceram singularmente cínicos e vulgares. Sua felicidade motivada pela imitação tinha algo de revoltante. Ao olhar de soslaio para o pequeno artista cheio de si, exibindo-os e acariciando-os com um olhar amoroso, ele próprio me pareceu pouco mais do que um macaco excepcionalmente inteligente. Contudo esforcei-me para abrir um sorriso que expressasse admiração, e ele desferiu um novo golpe.

— Minhas figuras são estudadas de modelos vivos! Tenho uma pequena jaula com macacos cujas travessuras contemplo hora após hora. Quanto aos gatos, basta olhar para um quintal qualquer! Desde que comecei a examinar esses pestinhas tão expressivos, fiz muitas observações de grande profundidade. Falando ao senhor, um homem de imaginação, posso afirmar que meus modestos objetivos não deixam de ter certa filosofia própria. Na realidade, não sei se os gatos e os macacos nos imitam ou se somos nós que os imitamos.

Congratulei-o por sua filosofia e ele prosseguiu:

— O senhor me fará a honra de admitir que abordei meus temas com delicadeza. Ei, isso era necessário, *signore*! Tomei certa liberdade, mas sem exageros, não acha? Só uma sugestão, o senhor sabe! Pode gostar ou não delas, como quiser. Esses pequenos grupos, no entanto, não dão uma ideia da minha criatividade. Se me der a honra de fazer uma visita ao meu estúdio, penso que admitirá que minhas combinações são realmente infinitas. Também faço peças por encomenda. Talvez tenha preferência por algum pequeno tema — o resultado da sua filosofia de vida, *signore* — que gostaria de ver interpretada. Prometo elaborá-lo até atingir sua satisfação; pode ser quão malicioso quiser! Permita dar-lhe meu cartão e lembrar-lhe que meus preços são moderados. Apenas 60 francos por um grupo como este. Minhas estatuetas são tão resistentes como bronze — *aere perennius, signore* — e, cá entre nós, acho que são mais divertidas!

Ao colocar seu cartão no bolso, lancei um olhar a Madona Serafina, imaginando se tinha um bom olho para perceber contrastes. Ela havia pego uma das pequenas duplas e estava tirando delicadamente a poeira com um espanador.

O que tinha visto e ouvido aprofundara de tal maneira o interesse piedoso que sentia por meu amigo iludido que saí dali diretamente para a casa que aquela mulher incomum me havia indicado. Ficava num recanto obscuro do outro lado da cidade, e transmitia uma impressão de melancolia e abandono. Ao ser indagada a respeito de Theobald, uma mulher idosa no umbral me convidou a entrar, murmurando uma benção e exibindo uma expressão de alívio pelo fato de o pobre cavalheiro contar com um amigo. Seus aposentos consistiam em um único quarto no último pavimento da casa. Ao não obter nenhuma resposta à minha batida, abri a porta, supondo que ele não estivesse, de modo que experimentei certo choque ao encontrá-lo sentado ali, desamparado e em silêncio. Encontrava-se sentado junto à única janela do quarto, diante dum cavalete no qual estava apoiada uma grande tela. Quando entrei, ergueu os olhos para mim, com uma expressão vazia, sem mudar sua posição, que era de total esgotamento e tristeza, os braços cruzados de maneira frouxa, as pernas estendidas diante dele, a cabeça tombada sobre o peito. Ao penetrar no quarto, percebi que a condição do seu rosto correspondia plenamente à sua atitude. Estava pálido, abatido e com a barba por fazer, e os olhos fundos e sem brilho olhavam para mim sem a menor centelha de reconhecimento. Havia temido que me recebesse com censuras ferozes, vendo-me como seu mecenas cruelmente intrometido, cuja atitude passara do contentamento à amargura, e fiquei aliviado ao constatar que minha aparição não tinha suscitado nenhum ressentimento visível.

— Não me conhece? — perguntei, ao estender a mão. — Já se esqueceu de mim?

Nada respondeu, mantendo estupidamente a mesma posição e deixando-me de pé, olhando o quarto à minha volta. O aposento falava por si mesmo da maneira mais melancólica. Miserável, sórdido, despojado, não contava, além da cama arruinada, com os mais elementares requisitos para o conforto pessoal. Era ao mesmo tempo quarto e estúdio — um estúdio um tanto fantasmagórico. Uns poucos moldes e gravuras empoeirados pelos cantos, três ou quatro telas velhas com a face voltada para a parede, e uma caixa de tintas enferrujada, compunham, com o cavalete junto à janela, a soma dos seus pertences. O local recendia terrivelmente a pobreza. Sua única riqueza era a tela no cavalete, supostamente a famosa Madona. Como estava voltada na direção contrária à da porta, não pude ver o seu rosto; mas, finalmente, nauseado pelo aspecto indigente e desprovido do lugar, passei por trás de Theobald com impaciência e delicadeza. Não posso dizer que tenha ficado surpreso com o que descobri — uma tela que nada mais era do que uma área totalmente em branco, rachada e descolorida pelo tempo. Essa era sua obra imortal! Ainda que não houvesse ficado surpreso, confesso que fiquei profundamente comovido, e acho que durante alguns minutos fui incapaz de falar. Finalmente, minha proximidade silenciosa exerceu um efeito sobre ele; estremeceu e se virou, e então se levantou e me encarou com um olhar que aos poucos se revelou indulgente. Murmurei algumas banalidades inconsequentes sobre o fato de ele estar doente e de precisar de conselhos e cuidados, mas parecia concentrado no esforço para relembrar exatamente o que havia se passado entre nós.

— Você estava certo! — disse com um sorriso que inspirava pena. — Desperdicei meu tempo! Sou um fracasso! Não vou fazer mais nada neste mundo. Você abriu meus olhos; e ainda que a verdade seja amarga, não guardo nenhum rancor contra você. Amém! Estou sentado aqui há uma semana, cara a cara com a verdade, com o passado, com minha fraqueza, pobreza e nulidade. Nunca mais vou tocar num pincel! Acho que não dormi, nem comi. Olhe para esta tela! — continuou, enquanto dava vazão à minha emoção pedindo-lhe com insistência que viesse comigo e jantasse.

— Ela deveria conter minha obra-prima! Não é um primeiro passo promissor? Os elementos estão todos *aqui.* — E bateu na testa com os dedos com aquela confiança mística que havia marcado seu gesto antes. — Se ao menos pudesse transportá-los para algum cérebro que tivesse à mão, à vontade! Desde que estou sentado aqui contabilizando meus recursos intelectuais, cheguei à convicção de que disponho de material para cem obras-primas. Mas minha mão agora está paralisada e elas jamais serão pintadas. Nunca dei o primeiro passo! Esperei e esperei até um momento melhor para começar e desperdicei minha vida nessa preparação. Enquanto imaginava que minha criação crescia, ela estava morrendo. Fui exigente demais! Michelangelo não fez isso quando procurou Lorenzo! Ele deu o melhor de si ao acaso, e seu acaso tornou-se imortal. *Este* é o meu!

E, com um gesto que jamais vou esquecer, apontou para a tela vazia.

— Suponho que sejamos um gênero à parte no esquema divino das coisas; nós, talentos incapazes de agir, incapazes de ousar! Desperdiçamos tudo em conversas, em planos e promessas, em estudo, em visões! Mas nossas visões, deixa que lhe diga — exclamou, balançando a cabeça — têm o dom de serem brilhantes, e um homem não viveu em vão, se viu as coisas que vi! É claro que não acreditará nelas, quando tudo de que disponho para mostrar a esse respeito é esse pedaço de pano comido pelas traças; mas para convencê-lo, para encantar e espantar o mundo, preciso apenas da mão de Rafael. Seu cérebro já tenho. Pena, você dirá, que não tenho a modéstia dele! Ah, deixe que me gabe e conte vantagens agora; é só o que me sobrou! Sou metade de um gênio! Onde neste vasto mundo está minha outra metade? Alojada talvez na alma vulgar, nos dedos astutos de algum copista obtuso ou de algum banal artesão, que produz às dúzias os frutos fáceis do seu toque! Mas não cabe a mim menosprezá-lo; ele pelo menos fez algo. Não desperdiça seu tempo! Melhor para mim se tivesse sido vulgar e esperto e afoito, se tivesse podido fechar os olhos e dado meu salto.

Parecia difícil decidir o que dizer àquele pobre sujeito, o que fazer por ele; eu sentia acima de tudo que devia quebrar o encanto representado por sua atual inércia e removê-lo da atmosfera assombrada do pequeno aposento que só por uma ironia cruel poderia ser chamado de estúdio. Não posso dizer que o tenha convencido a sair comigo; simplesmente deixou-se levar e, quando começamos a andar ao ar livre, pude avaliar seu estado lamentavelmente debilitado. Contudo, de certa forma pareceu se reanimar e enfim murmurou que gostaria de ir até a Galeria Pitti. Nunca esquecerei nossa caminhada melancólica através daquelas magníficas salas, onde cada quadro na parede parecia, mesmo na minha visão ditada pela simpatia, irradiar uma espécie de força e brilho insolentes. Os olhos e lábios nos grandes retratos como que sorriam num desprezo indescritível em relação ao aspirante rejeitado que sonhara competir com seus autores triunfantes; a inocência celestial da própria Madona da Cadeira, enquanto passávamos diante dela em absoluto silêncio, estava marcada pela ironia sinistra das mulheres de Leonardo. Um silêncio realmente absoluto acompanhou todo o nosso trajeto — o silêncio de um adeus comovido; pois sentia em todo o meu ser, ao arrastar pesadamente os pés, passo a passo, enquanto se apoiava no meu braço, que ele olhava aquilo pela última vez. Quando saímos, ele estava tão exausto que, em vez de acompanhá-lo até o meu hotel para jantar, chamei uma carruagem e levei-o direto para os seus pobres aposentos. Havia caído numa extraordinária letargia; sentou-se recostado na carruagem, de olhos fechados, pálido como a morte, sua respiração fraca interrompida a intervalos por uma súbita arfada, como um soluço abafado ou uma tentativa frustrada de falar. Com ajuda da senhora idosa que me recebera antes, e que surgiu de um sombrio pátio dos fundos, consegui conduzi-lo pela longa escada acima e deitá-lo em sua cama quebrada. Entreguei-o aos seus cuidados, enquanto tratava, às pressas, de procurar um médico. Mas ela me seguiu para fora do quarto, com as mãos entrelaçadas num gesto piedoso.

— Pobre coitado, infeliz, santo homem — murmurou. — Está morrendo?

— Pode ser. Há quanto tempo está assim?

— Desde uma noite há dez dias. Subi de manhã para fazer a cama do pobre coitado, e o encontrei vestido, sentado diante da grande tela que mantém ali. Homem estranho, o infeliz, faz suas preces diante dela! Não foi mais para a cama, nem chegou a se deitar direito desde então! O que aconteceu com ele? Descobriu a respeito de Serafina? — murmurou ela, com um brilho nos olhos e entreabrindo a boca desdentada.

— Pelo menos prove que uma velha pode ser fiel — disse —, e fique de olho nele até eu voltar.

Meu retorno foi retardado pela ausência do médico inglês, que estava fora, ocupado com uma série de visitas, e a quem persegui em vão de casa em casa até alcançá-lo. Trouxe-o à cabeceira de Theobald muito tarde. Uma febre violenta havia dominado nosso paciente, e o caso era claramente grave. Desse momento em diante, estive com ele constantemente, mas não gostaria de descrever aqui sua doença. Dolorosa demais para ser testemunhada, felizmente ela foi breve. A vida ardeu num delírio. Uma noite em particular, passada junto ao seu travesseiro, ouvindo seus exaltados arroubos de arrependimento, de aspirações suas, de êxtase e de assombro diante das imagens fantasmagóricas que pareciam tomar de assalto seu cérebro — esta noite volta agora à minha memória, como uma página arrancada de alguma perdida obra-prima trágica. Antes que uma semana houvesse se passado, nós o enterramos no pequeno cemitério protestante no caminho para Fiesole. A *signora* Serafina, a quem cuidei de que fosse informada da sua doença, viera pessoalmente perguntar sobre o seu estado; mas ela esteve ausente do funeral, presenciado apenas por algumas poucas pessoas de luto. Meia dúzia de estrangeiros que habitavam Florença, apesar do desentendimento que os havia afastado durante um longo período, por um impulso generoso foram levados a lhe render uma homenagem diante do túmulo. Entre eles estava minha amiga, a Sra. Coventry, a quem encontrei, ao deixar o local, esperando numa carruagem junto ao portão do cemitério.

— Bem — disse ela, amenizando afinal com um sorriso significativo a solenidade com que nos cumprimentáramos inicialmente —, e a grande Madona? Você a viu, afinal?

— Eu a vi — afirmei. — Ela é minha, pelo testamento. Mas jamais vou mostrá-la a você.

— E por Deus, por que não?

— Minha cara Sra. Coventry, você não a entenderia!

— Muito gentil da sua parte.

— Peço desculpas; estou triste, irritado e amargurado.

E com uma rispidez condenável, tratei de me afastar. Mal via a hora de partir de Florença; o espírito sombrio de meu amigo parecia impregnar tudo à minha volta. Havia feito as malas para viajar para Roma naquela noite, e enquanto isso, para distrair minha inquietação, vaguei sem rumo pelas ruas. O acaso me levou afinal até a igreja de San Lorenzo. Lembrando a frase do pobre Theobald sobre Michelangelo — "ele deu o melhor de si ao acaso" —, entrei e dirigi meus passos para a capela dos túmulos. Admirando com tristeza a tristeza daqueles tesouros imortais, imaginei, enquanto estava ali de pé, que elas não pediam um comentário mais amplo do que essas simples palavras. Ao atravessar novamente a igreja para deixá-la, uma mulher, dando as costas para um dos altares laterais, se viu face a face comigo. O xale negro que pendia da sua cabeça envolvia de modo pitoresco o belo rosto da Madona Serafina. Ela se deteve ao me reconhecer, e percebi que queria falar comigo. Seus olhos brilhavam, e seu colo generoso arfava de modo a sugerir certa desaprovação severa. Mas a expressão no meu rosto aparentemente extraiu o ferrão do seu ressentimento, e ela se dirigiu a mim num tom no qual a amargura era mitigada por uma espécie de resignação obstinada.

— Agora sei que foi você que nos separou — disse. — Pena que um dia tenha trazido você para me ver! É claro que não podia pensar em mim do mesmo jeito que ele fazia. Bem, o Senhor me deu e o Senhor tirou-o de mim. Acabo de pagar por uma missa de nono dia pela sua alma. E posso te dizer uma coisa, *signore*: jamais o enganei. Quem pôs na cabeça dele que eu vivia dominada por pensamentos divinos e frases bonitas? Era tudo fantasia dele, e ele gostava de pensar dessa maneira. Ele sofreu muito? — acrescentou num tom mais suave, depois de uma pausa.

— Seu sofrimento foi grande, mas curto.

— E falou de mim?

Ela havia hesitado um pouco e baixado os olhos; ergueu-os para fazer a pergunta e revelou em seu silêncio um lampejo de confiança feminina que, por um momento, reanimou e iluminou sua beleza. Pobre Theobald! Seja lá qual fosse o nome que tinha dado à sua paixão, foram os seus belos olhos que o encantaram.

— Fique tranquila, madame — respondi, gravemente.

Ela baixou os olhos outra vez e ficou em silêncio. Então, emitindo um suspiro profundo ao recolocar seu xale:

— Era um gênio magnífico!

Eu me inclinei, e nos separamos.

Ao passar por uma rua estreita, quando voltava para o meu hotel, percebi sobre um portal uma placa que me pareceu familiar. De súbito, lembrei que o nome era idêntico ao gravado num cartão que durante uma hora carregara no bolso do meu colete. No umbral estava o artista engenhoso cujo prestígio junto ao público ele assim anunciava, fumando seu cachimbo ao ar livre, na noite, e polindo com um trapo suas inimitáveis "combinações". Vi de relance a espiral expressiva de algumas caudas. Ele me reconheceu, tirou da cabeça o pequeno gorro vermelho com uma inclinação num gesto de reverência, e convidou-me a entrar no seu ateliê. Retribuí sua saudação e segui em frente, contrariado com aquela aparição. Durante uma semana, sempre que, entre as ruínas de uma Roma triunfante, me via assaltado pelas memórias mais pungentes das ilusões transcendentes de Theobald e de seu deplorável fracasso, tinha a impressão de ouvir um murmúrio fantástico e impertinente: "Gatos e macacos, macacos e gatos; toda a vida humana está aqui!"

1873

O mentiroso

I

O TREM ATRASARA meia hora e o percurso desde a estação era mais demorado do que havia imaginado, de modo que, ao chegar a casa, seus ocupantes se haviam dispersado para se vestir antes do jantar, e ele fora conduzido diretamente ao seu quarto. As cortinas haviam sido baixadas naquele refúgio, as velas estavam acesas, o fogo ardia e, depois de o criado rapidamente tirar suas roupas da mala, aquele lugar pequeno e confortável se tornara sugestivo — parecia prometer uma casa agradável, um grupo variado, conversas, conhecidos, afinidades, para não falar de muita animação. Estava ocupado demais com sua profissão para fazer muitas visitas ao campo, mas ouvira outras pessoas que dispunham de mais tempo falarem de residências em que "nos tratam muito bem". Previu que os proprietários de Stayes iriam tratá-lo muito bem. Ao ocupar seu quarto numa casa de campo, sempre olhava primeiro os livros nas estantes e as gravuras nas paredes. Acreditava que essas coisas ofereciam a medida da cultura e mesmo da personalidade de seus anfitriões. Ainda que nessa ocasião tivesse pouco tempo para se dedicar a elas, uma rápida inspeção assegurou-lhe que, se a literatura, como de costume, limitava-se à americana e de cunho humorístico, a arte, por sua vez, não consistia em estudos de crianças em aquarela, nem de gravuras comerciais. As paredes estavam cobertas com litografias antiquadas, principalmente retratos de cavalheiros do campo, com colarinhos altos e luvas de equitação: isso sugeria — e era algo encorajador — que a tradição do retratismo era valorizada. Havia o costumeiro romance do Sr. Le Fanu, na cabeceira; leitura ideal para as horas da madrugada numa casa de campo. Enquanto abotoava a camisa, Oliver Lyon mal podia esperar a hora de começar.

Talvez por isso, ao descer, tenha não apenas encontrado todos reunidos no salão, como também percebido, pelo modo como se puseram imediatamente a caminho para jantar, que haviam ficado esperando por ele. Não demoraram a apresentá-lo a uma dama, e destacou-se de um grupo variado de homens, sem arrastar atrás de si esse complemento. Os homens, deixando-se ficar para trás, à parte, avançaram como sempre discretamente, pouco a pouco, junto ao umbral da sala de jantar, e o desfecho dessa pequena comédia foi o fato de ter sido o último a tomar lugar à mesa. Isso fez com que pensasse que estava numa companhia suficientemente distinta, pois, se tivesse sido humilhado (o que não acontecera), não poderia ter-se consolado com a reflexão de que esse destino seria algo natural para um artista jovem e obscuro, ainda em busca de uma posição. Infelizmente, não podia mais pensar em si mesmo como alguém muito jovem e, se a sua situação não era tão brilhante quanto deveria, não poderia mais justificar o fato afirmando estar ocupado com a luta travada pelos iniciantes. Era uma espécie de celebridade e, aparentemente, se encontrava na companhia de celebridades. Essa ideia veio se somar à curiosidade com que olhou para um lado e para o outro da longa mesa enquanto se sentava em sua cadeira.

Tratava-se de um grupo numeroso — 25 pessoas; era uma circunstância um tanto fora do comum que se apresentava, pensou.

Não estaria cercado pelo sossego que é tão propício ao trabalho; contudo, o fato de observar o espetáculo humano nos intervalos nunca interferira em seu trabalho. E, ainda que não soubesse, nunca havia sossego em Stayes. Quando trabalhava bem, encontrava-se nessa condição feliz — a mais feliz para um artista — em que as coisas em geral contribuem para a ideia particular e acabam se encaixando nela, ajudando-a e justificando-a, de modo que, nesse momento, sente que nada no mundo pode lhe acontecer, mesmo que surja sob a forma de um desastre ou de sofrimento, que não seja uma contribuição para seu tema. Além disso, havia um sentimento de exaltação (tinha sentido aquilo antes) na rápida mudança de cenário — o salto, nas sombras do fim da tarde, da Londres envolvida pela neblina e o ateliê que lhe era familiar para um centro de uma festividade no meio de Hertfordshire e de um drama meio encenado, um drama envolvendo mulheres bonitas e homens conhecidos e maravilhosas orquídeas em jarros de prata. Registrou como sendo de não pouca importância o fato de uma das mulheres bonitas estar junto dele: um cavalheiro sentara-se do outro lado. Mas mal havia tido tempo de sondar a vizinhança: estava ocupado procurando por Sir David, a quem jamais tinha visto e sobre o qual era natural que estivesse curioso.

Evidentemente, contudo, Sir David não estava no jantar, uma circunstância suficientemente explicada por outra circunstância que vinha a ser a principal informação que nosso amigo detinha a seu respeito — o fato de ter 90 anos. Oliver Lyon considerava com grande prazer a possibilidade de pintar um nonagenário e, ainda que a ausência do ancião à mesa fosse, em certa medida, um desapontamento (era uma oportunidade a menos de observá-lo antes de se pôr a trabalhar), parecia um indício de que era como que sagrado e talvez, por isso mesmo, uma relíquia fascinante. Lyon olhava para o filho dele com grande interesse — imaginava se o viço reluzente em sua face fora transmitido por Sir David. No velho, teria sido divertido pintar aquilo — o aspecto rosado e ressecado de uma maçã no inverno, especialmente se os olhos ainda se mostrassem animados e se os cabelos brancos amenizassem um pouco a aparência enregelada. O cabelo de Arthur Ashmore apresentava o brilho de meados do verão, mas Lyon estava feliz que o trabalho que lhe fora encomendado fosse o de retratar o pai, e não o filho, apesar de nunca ter visto um e de o outro estar sentado bem à sua frente naquele momento, ocupado em demonstrar sua generosa hospitalidade.

Arthur Ashmore era um cavalheiro inglês de aparência saudável e pescoço grosso, mas não era em si um tema; poderia ter sido um fazendeiro e poderia ter sido um banqueiro: teria sido quase impossível pintá-lo associando-o a um papel específico. Sua mulher não compensava esse fato: era uma mulher robusta, animada e negativa, que transmitia a mesma impressão do marido de ser, de algum modo, incrivelmente nova, um tipo de aparência que sugeria verniz fresco (Lyon não conseguia dizer se isso vinha de seu aspecto físico ou de suas roupas), de modo que as pessoas sentiam que ela deveria estar instalada numa moldura dourada, algo associado a um catálogo ou a uma lista de preços. Era como se ela já fosse um retrato bastante ruim, ainda que caro, confeccionado por mão eminente, e Lyon não sentia a menor vontade de copiar essa obra. A mulher bonita à sua direita estava ocupada com seu vizinho, enquanto o cavalheiro sentado junto a ela do outro lado parecia se encolher, amedrontado, de modo que lhe sobrava tempo para se entregar à sua distração favorita, examinando um rosto depois do outro. Essa diversão lhe proporcionava o maior prazer que conhecia e, muitas vezes, chegava à conclusão de que era uma bênção o fato de a máscara humana interessá-lo assim, e que isso não era menos vívido agora do que fora antes (às vezes, seu sucesso dependia estritamente disso), já que estava destinado a ganhar a vida

112

reproduzindo-a. Mesmo que Arthur Ashmore não se mostrasse um tema inspirador a ser pintado (sentiu certa ansiedade pensando que, se obtivesse sucesso com seu sogro, a Sra. Arthur poderia meter na cabeça que teria agora provado estar à altura de pintar seu marido); mesmo que tivesse se mostrado pouco menos que uma página (satisfatória quanto às letras e às margens) sem pontuação, ainda seria uma superfície nova e lustrosa. Mas o cavalheiro a quatro pessoas de distância — quem era ele? Teria sido um bom tema. Ou seria sua face apenas a placa legível afixada na porta de sua identidade, meticulosamente polida e barbeada — a coisa mais decente que poderia ser conhecida a seu respeito?

Aquele rosto fez com que Oliver Lyon se detivesse: a princípio, deu-lhe a impressão de ser muito bonito. Um cavalheiro que ainda poderia ser considerado jovem, com feições regulares: tinha um bigode denso e elegante, com as pontas retorcidas, uma aparência animada, audaz, quase aventuresca, e um grande e brilhante alfinete no peito da camisa. Transmitia a impressão de uma alma satisfeita consigo mesma, e Lyon percebeu que, onde quer que seus olhos amistosos se detivessem, exerciam um efeito tão agradável quanto o do sol de setembro — como se tivesse a capacidade de fazer amadurecer uvas e peras ou mesmo afeição humana com seu olhar. O que era estranho nele era certa mistura do correto com o extravagante: como se fosse um aventureiro imitando, com rara perfeição, um cavalheiro, ou um cavalheiro que tivesse cedido ao capricho de sair por aí com armas escondidas. Poderia ser um príncipe destronado ou o correspondente de guerra de um jornal: representava tanto o espírito empreendedor quanto a tradição, boas maneiras e mau gosto. Lyon, por fim, começou a conversar com a dama a seu lado — dispensando, como ocorrera em jantares anteriores, a necessidade de apresentações —, perguntando quem poderia ser aquele personagem.

— Ah, é o Coronel Capadose, não sabia?

Lyon não sabia e pediu mais informações. Sua vizinha parecia ser sociável e, evidentemente, estava habituada a transições bruscas; ela desviou o rosto de seu outro interlocutor em uma atitude metódica, como um chefe de cozinha que levanta a tampa da próxima panela.

— Passou muito tempo na Índia. É bastante conhecido, não? — perguntou ela.

Lyon confessou que jamais ouvira falar dele e ela prosseguiu.

— Bem, talvez não seja; mas ele diz que é e, se pararmos para pensar, é quase a mesma coisa, não é?

— Se você pensa assim...

— Quero dizer, se ele pensa assim. É mais ou menos a mesma coisa, suponho.

— Quer dizer que ele determina quem não é conhecido?

— Ah, meu caro, não, porque nunca sabemos. Ele é incrivelmente inteligente e divertido. A pessoa mais inteligente nesta casa, a não ser, é claro, que você seja mais do que ele. Mas isso ainda não posso saber, posso? Só sei sobre as pessoas que conheço; e acho que já temos celebridades suficientes!

— Suficientes para eles?

— Ah, vejo que é inteligente. Suficientes para mim! Mas já ouvi falar de você — prosseguiu a senhora. — Conheço seus quadros; eu os admiro. Mas não acho que se pareça com eles.

— Em sua maioria, são retratos — disse Lyon. — E aquilo que busco não costuma ser minha semelhança.

— Entendo o que quer dizer. Mas eles têm muito mais cor. E agora vai pintar alguém que está aqui?

— Fui convidado para pintar um retrato de Sir David. Fiquei um tanto desapontado por não o ver aqui esta noite.

— Ah, ele vai para a cama numa hora estranha, às oito horas da noite ou algo do tipo. Sabe que já é uma múmia velha...

114

— Uma múmia velha? — repetiu Oliver Lyon.

— Quero dizer, usa uma dúzia de coletes e esse tipo de coisa. Está sempre com frio.

— Nunca o vi, nem vi qualquer retrato ou fotografia sua — declarou Lyon. — Estou surpreso que nunca se tenha feito nada do tipo, que tenham esperado todos esses anos.

— Ah, isso é porque está com medo, você sabe, era uma espécie de superstição. Tinha certeza de que, se algo fosse feito, morreria logo depois. Só agora consentiu.

— Então está pronto para morrer?

— Ah, agora está tão velho que já não se importa mais.

— Bem, espero que não vá matá-lo — disse Lyon. — Foi um tanto estranho o fato de seu filho ter mandado me buscar.

— Ah, eles não têm nada a ganhar com isso; tudo já pertence a eles! — acrescentou sua companhia, como se ela tivesse tomado sua afirmação no sentido literal. Sua tagarelice era sistemática, e ela confraternizava de modo tão sério como se jogasse uma partida de *whist*. — Fazem o que querem; enchem a casa de gente e têm carta branca.

— Entendo, mas ainda há o título.

— Sim, mas qual é?

Nosso artista, ao ouvir isso, deu uma gargalhada, enquanto a mulher o olhava, perplexo. Antes que tivesse se recuperado, ela já se ocupava com o outro vizinho. O cavalheiro à sua esquerda arriscou-se, afinal, a fazer uma observação, e eles se entregaram a uma conversa entrecortada. Esse personagem se desincumbia de seu papel com dificuldade: murmurou um comentário do mesmo modo como uma dama dispara uma arma, olhando para a outra direção. Para não perder nada, Lyon teve de inclinar seu ouvido, e esse movimento fez com que observasse uma bela criatura sentada no mesmo lado da mesa, para além de seu interlocutor. Seu perfil se mostrava diante dele e, a princípio, foi apenas sua beleza que lhe chamou a atenção; então, produziu uma impressão ainda mais agradável — uma sensação de lembrança distinta, que sugeria uma associação íntima. Só não a reconhecera de pronto porque não esperava em absoluto vê-la naquele lugar; não a tinha visto em parte alguma por tanto tempo, e nunca mais recebera notícias dela. Frequentemente ocupava seus pensamentos, mas saíra de sua vida. Pensava nela duas vezes por semana; o que pode ser considerado uma grande frequência, tratando-se de uma pessoa a quem não vemos há doze anos. No momento em que a reconheceu, percebeu como era verdadeira a sensação de que só ela poderia exibir aquela aparência: da cabeça mais encantadora do mundo (e aquela dama a possuía), não podia ser feita nenhuma réplica. Estava inclinada ligeiramente para a frente; ela permaneceu de perfil, aparentemente ouvindo alguém a seu lado. Estava escutando, mas também olhando, e, depois de um momento, Lyon acompanhou a direção de seus olhos. Eles repousavam sobre o cavalheiro que havia sido descrito como o Coronel Capadose — repousavam, pareceu-lhe, com uma evidente complacência, que parecia habitual. Isso não era estranho, pois o coronel inegavelmente estava acostumado a atrair o olhar imbuído de simpatia de uma mulher; mas Lyon se via desapontado por ela deixar que a fitasse durante tanto tempo sem lhe dirigir sequer um olhar. Não havia nada entre ambos atualmente e ele não detinha direitos sobre ela, mas ela devia saber que ele estava prestes a chegar (é claro que não se tratava de um acontecimento de tanta importância, mas não poderia estar hospedada na casa e deixar de saber disso), e não era natural que isso deixasse de afetá-la por completo.

Olhava para o Coronel Capadose como se estivesse apaixonada por ele — circunstância curiosa, em se tratando da mais orgulhosa e reservada das mulheres. Mas, sem dúvida, tudo estava certo, quer seu marido aprovasse ou não tivesse percebido: anos antes, ouvira uma vaga referência a seu casamento, e partia do pressuposto (como não ouvira falar que tivesse ficado viúva) de que estava presente ali o felizardo a quem ela concedera o que havia negado a ele, um pobre estudante de arte de Munique. O Coronel Capadose não parecia ciente de nada, e essa condição, de modo um tanto incongruente, irritava Lyon, em vez de lhe dar satisfação. De súbito, a dama virou a cabeça, mostrando inteiramente o rosto a nosso herói. Estava de tal modo preparado para cumprimentá-la que sorriu instantaneamente, do mesmo modo que um jarro transborda ao ser sacudido; mas ela não deu sinal de resposta, virou-se para o outro lado e afundou na cadeira. Tudo que seu rosto disse naquele instante foi: "Está vendo como continuo mais linda do que nunca"? Ao que ele retrucou mentalmente: "Sim, e isso continua a me fazer bem!" Perguntou ao jovem do lado se sabia quem era aquela criatura maravilhosa — a quinta pessoa a contar dele. O jovem se inclinou para a frente, refletiu e então disse:

— Acho que é a Sra. Capadose.

— Quer dizer, a mulher dele, daquele sujeito? — E Lyon indicou o objeto da informação que lhe fora passada pelo outro vizinho de mesa.

— Ah, aquele é o Sr. Capadose? — indagou o jovem, que parecia muito vago.

Admitiu sua falta de objetividade e justificou-a dizendo que havia ali muitas pessoas e ele chegara apenas no dia anterior. O que parecia a Lyon um fato incontestável era que a Sra. Capadose estava apaixonada por seu marido; então desejou mais do que nunca ter-se casado com ela.

— Ela é muito fiel — descobriu-se dizendo três minutos mais tarde à senhora a seu lado. Acrescentou que se referia à Sra. Capadose.

— Ah, então a conhece?

— Conheci-a certa vez, quando vivia no exterior.

— Então por que estava me perguntando a respeito do marido dela?

— Precisamente por essa razão. Ela se casou depois, e eu sequer sabia seu nome atual de casada.

— E como sabe agora?

— Este cavalheiro acabou de me dizer, ele parece saber.

— Não sabia que ele sabia de tudo — disse a dama, olhando para a frente.

— Não acho que ele saiba algo além disso.

— Então descobriu, por conta própria, que ela é fiel. O que quer dizer com isso?

— Ah, vocês não devem me fazer perguntas; eu é que quero perguntar a vocês — comentou Lyon. — O que todos aqui acham dela?

— Você faz perguntas demais! Só posso falar por mim. Acho que ela é dura.

— Isso porque ela é direta e franca.

— Quer dizer que gosto das pessoas quando elas são dissimuladas?

— Acho que todos nós gostamos, enquanto não descobrimos quem elas são — disse Lyon. — E então há algo no rosto dela, algo romano, apesar de ela ter olhos bem ingleses. Na verdade, ela é inglesa da cabeça aos pés; mas a cor de sua pele, sua fronte baixa e aquela maravilhosa pequena ondulação em seus cabelos negros fazem com que ela pareça uma gloriosa *contadina*.[1]

— Sim, e ela está sempre enfiando grampos e espetos na cabeça, para acentuar o efeito. Devo dizer que prefiro seu marido: é muito inteligente.

— Bem, quando a conheci, não existia ninguém que pudesse ser comparado a ela. Era pura e simplesmente o que havia de mais adorável em Munique.

---

[1]Camponesa, em italiano. (*N. do T.*)

— Munique?

— A família dela morava lá; não eram ricos. Na verdade, estavam tentando economizar, e a vida é muito barata em Munique. Seu pai era o filho caçula de alguma família nobre; havia casado uma segunda vez e tinha uma porção de pequenas bocas para alimentar. Ela era filha da primeira esposa e não gostava da madrasta, mas era simpática com os pequenos irmãos e irmãs. Certa vez, desenhei um esboço dela como a Charlotte de *Werther*, cortando pão e manteiga enquanto todos se amontoavam à sua volta. Todos os artistas do lugar estavam apaixonados por ela, mas ela não se dignava a olhar para gente "como nós". Era orgulhosa demais, posso garantir isso, mas não parecia presunçosa, nem era uma jovem querendo assumir ares de uma "dama". Assumia essa atitude de maneira simples, franca e amável. Ela costumava me lembrar de Ethel Newcome, a personagem de Thackeray. Ela me disse que precisava fazer um bom casamento: era a única coisa que podia fazer por sua família. Suponho que se pode dizer que ela fez um bom casamento.

— Ela lhe falou isso? — indagou, sorrindo, o vizinho de Lyon.

— Ah, é claro que eu também a pedi em casamento. Mas, evidentemente, ela também deve achar que fez um bom casamento! — acrescentou.

Quando as senhoras deixaram a mesa, o anfitrião, como de costume, reuniu os cavalheiros, de modo que Lyon se viu, ele mesmo, diante do Coronel Capadose. Toda a conversa girava em torno da "corrida", já que, aparentemente, havia sido um ótimo dia no campo de caça. A maioria dos cavalheiros comunicou suas aventuras e opiniões, mas a voz agradável do Coronel Capadose era a mais audível no coro. Tratava-se de um órgão animado, vívido, porém masculino, exatamente a voz que, na visão de Lyon, um "homem atraente" como aquele deveria ter. De suas observações, concluía-se que montava muito bem, o que, no entender de Lyon, também

119

seria de se esperar. Não que contasse vantagens, pois suas alusões eram sempre muito tranquilas e feitas de modo casual; mas eram todas a respeito de experimentos arriscados, que, por pouco, não acabavam mal. Depois de algum tempo, Lyon se deu conta de que a atenção que o grupo concedia aos comentários do coronel não correspondiam diretamente ao interesse que pareciam suscitar. Em consequência disso, aquele que estava com a palavra, percebendo que pelo menos ele o estava ouvindo, começou a tratá-lo como seu ouvinte particular e a fixar o olhar nele enquanto falava. A Lyon, nada restava a fazer a não ser expressar simpatia e concordância — o Coronel Capadose parecia não contar com outra reação a não ser simpatia e concordância. Um cavaleiro ao seu lado havia sofrido um acidente; fora vítima de uma queda num local perigoso — já ao final da caçada —, com consequências que pareciam graves. Levara uma pancada na cabeça; pela última informação que se tinha, continuava inconsciente: o cérebro evidentemente havia sofrido um impacto. Trocavam-se impressões em relação à sua recuperação — quando ela ocorreria ou se de fato chegaria a ocorrer. Isso levou o coronel a confessar ao nosso artista do outro lado da mesa que não se deveria perder a esperança a respeito de um sujeito, mesmo que não recobrasse os sentidos por semanas — e semanas, semanas e semanas —, por meses, quase por anos. Ele se inclinou para a frente; Lyon se inclinou para ouvir e o Coronel Capadose mencionou que sabia, por experiência pessoal, que, na verdade, não havia um limite para alguém ficar inconsciente sem, mesmo assim, piorar por causa disso. Acontecera com ele na Irlanda, anos antes: tinha sido lançado para fora de uma carruagem de duas rodas, dera um salto mortal e caíra de cabeça. Pensaram que estivesse morto, mas não estava; havia sido carregado, a princípio, para a primeira cabana que viram, onde ficou deitado por alguns dias com os porcos, e depois para uma estalagem numa cidade vizinha — foi o mais perto que

120

chegaram de colocá-lo debaixo da terra. Permanecera completamente insensível — sem sombra que fosse do reconhecimento de qualquer coisa humana — durante três meses inteiros; não havia experimentado um lampejo que fosse de consciência a respeito do que quer que fosse. Sua situação era mais do que precária, a ponto de não poderem aproximar-se dele, nem alimentá-lo, mal podiam olhá-lo. E então, certo dia, abriu os olhos — saudável como nunca!

— Palavra de honra que aquilo me fez bem. Fez com que meu cérebro descansasse.

Parecia insinuar que, com uma inteligência tão ativa quanto a dele, esses períodos de repouso eram providenciais. Lyon achou impressionante sua história, mas gostaria de perguntar se não a havia falseado um pouco — não ao contá-la, mas ao se expressar de forma tão tranquila. Contudo, hesitava em insinuar uma dúvida; estava impressionado demais com o tom com que o Coronel Capadose dissera que, por muito pouco, não o haviam enterrado vivo. Isso tinha acontecido com um amigo seu na Índia — um sujeito que julgavam morto, vítima de uma febre tropical, meteram-no dentro de um caixão. Preparava-se para contar o que acontecera posteriormente com esse infeliz cavalheiro quando o Sr. Ashmore moveu-se e todos se levantaram para passar à sala de estar. Lyon percebeu que dessa vez ninguém prestava atenção ao que seu novo amigo lhe dizia. Contornaram a mesa cada qual por um lado diferente e se encontraram enquanto o cavalheiro hesitava em sair.

— E acha mesmo que seu amigo foi literalmente enterrado vivo? — perguntou Lyon, com certa expectativa.

O Coronel Capadose olhou-o por um instante, como se já tivesse perdido o fio da conversa. Então seu rosto se iluminou — e, ao se iluminar, tornou-se ainda mais bonito.

— Por minha honra, foi jogado num buraco!

— E o deixaram lá?

— Foi deixado lá até que cheguei e o arrastei para fora dali.

— Você chegou?

— Sonhei com ele. É uma história extraordinária: eu o ouvi me chamando à noite. Cismei que precisava desenterrá-lo. Você sabe, existe na Índia uma raça animalesca, os *ghouls*, que viola túmulos. Tive uma espécie de pressentimento de que iriam chegar a ele primeiro. Cavalguei direto até lá, posso garantir a você; e, por Júpiter, alguns deles já haviam começado a cavar! Bang, bang do cano da minha arma, e saíram em disparada, pode crer. Acreditaria se contasse que eu mesmo o tirei de lá? O ar fez com que despertasse e não estava pior por isso. Já está aposentado; voltou outro dia mesmo para cá, faria qualquer coisa por mim.

— Ele o chamou durante a noite? — indagou Lyon, perplexo.

— Esse é o aspecto interessante. Então, o que era aquilo? Não foi seu fantasma, porque não estava morto. Não era ele mesmo, porque não podia. Foi alguma coisa! Sabe, a Índia é uma terra estranha. Há nela um elemento de mistério: o ar está cheio de coisas que não podemos explicar.

Deixaram a sala de jantar, e o Coronel Capadose, que foi um dos primeiros a sair, separou-se de Lyon; mas, um minuto depois, antes que tivessem alcançado a sala de estar, juntou-se de novo a ele.

— Ashmore me disse quem você é. É claro que ouvi falar muito de você. Tenho muito prazer em vê-lo; minha mulher já o conhecia.

— Fico feliz de que ela se lembre de mim. Eu a reconheci no jantar e temia que ela não tivesse se lembrado de mim.

— Ouso dizer que ela está envergonhada — disse o coronel, com um humor indulgente.

— Envergonhada de mim? — retrucou Lyon no mesmo tom.

— Não havia uma história a respeito de um quadro? Sim, você pintou um retrato dela.

122

— Muitas vezes — disse o artista. — E ela tem motivo para se envergonhar do que fiz com ela.

— Bem, eu não fiquei envergonhado, meu caro senhor. Foi a visão desse quadro, com o qual teve a bondade de presenteá-la, que fez com que me apaixonasse por ela em primeiro lugar.

— Quer dizer, aquele com as crianças, cortando pão e manteiga?

— Pão e manteiga? Deus meu, não; folhas de parreira e pele de leopardo; uma espécie de bacante.

— Ah, sim — disse Lyon —, eu me lembro. Foi o primeiro retrato decente que pintei. Gostaria muito de dar uma olhada nele atualmente.

— Não peça que ela lhe mostre, pois vai ficar constrangida.

— Constrangida?

— Tivemos de nos desfazer dele; e não foi por interesse — riu. — Um velho amigo de minha esposa, a quem a família dela conhecera intimamente na Alemanha, tomou-se de amores por ele: o Grão-Duque de Silberstadt-Schreckenstein, não o conhece? Foi a Bombaim na época em que me encontrava lá e pôs os olhos em sua tela (sabe que se trata de um dos maiores colecionadores da Europa?), e expressou tamanha admiração por ela, juro — aconteceu no aniversário dele —, que ela lhe disse que podia ficar com o quadro, para se livrar do personagem. Ficou absolutamente encantado, mas sentimos falta da tela.

— Fez muito bem — disse Lyon. — Se está numa grande coleção, uma obra da minha juventude incompetente, sinto-me infinitamente honrado.

— Ah, colocou-a num de seus castelos. Não sei em qual deles, pois tem muitos. Mandou-nos, antes de deixar a Índia, para retribuir o gesto, um magnífico vaso antigo.

— Era mais do que valia aquela coisa — observou Lyon.

O Coronel Lyon não deu atenção àquele comentário; parecia refletir sobre algo. Depois de um momento, disse:

— Se aparecer e for nos visitar na cidade, ela lhe mostrará o vaso.

E, ao entrarem na sala de estar, empurrou delicadamente o artista de forma amistosa.

— Vá e fale com ela. Lá está, ficará encantada.

Oliver Lyon deu apenas alguns poucos passos no vasto salão; deixou-se ficar ali por um momento, admirando a composição vistosa formada pelo grupo de belas mulheres à luz da lamparina, as figuras isoladas, o cenário grandioso em branco e dourado, os painéis com desenhos em relevo, no centro dos quais, em cada um deles, se encontrava uma pintura famosa. Naquele cenário, havia algo de um esplendor contido, sugerido pelo fato de as caudas daqueles vestidos gloriosos agarrarem no tapete. Na extremidade do aposento, estava sentada a Sra. Capadose, um tanto isolada; estava num pequeno sofá, com um lugar vazio a seu lado. Lyon não podia ter a pretensão de que ela o estivesse guardando. O fato de ela não o reconhecer à mesa contradizia essa possibilidade, mas ele experimentava um forte desejo de ir ocupá-lo. Além do mais, obtivera a sanção do marido; portanto, atravessou a sala, pisando sobre as caudas dos vestidos, e plantou-se diante de sua velha amiga.

— Espero que não tenha a intenção de me renegar — disse.

Ela ergueu os olhos em sua direção, com uma expressão de puro prazer.

— Estou tão feliz em vê-lo! Fiquei encantada quando soube que estava vindo.

— Tentei conseguir um sorriso seu no jantar, mas não consegui.

— Não vi; não entendi. Além disso, odeio sorrisos afetados e telegramas. E também sou muito tímida; não deve ter-se esquecido disso. Agora podemos nos comunicar confortavelmente.

E abriu um espaço maior para ele no sofá. Ele se sentou e os dois tiveram uma conversa, o que lhe deu muito prazer, voltando ao seu íntimo o motivo pelo qual gostava tanto dela, assim como uma boa parte do mesmo antigo sentimento. Continuava a ser a beldade menos mimada que já vira, mostrando total ausência de qualquer atitude coquete ou habilidade para se tornar insinuante, de modo que parecia quase uma omissão; houve momentos em que ela deu a seu interlocutor a impressão de ser uma linda criatura de algum asilo — uma surpreendente surda-muda ou uma cega que demonstrasse certa habilidade. Sua nobre cabeça pagã lhe assegurava privilégios que negligenciava e, quando as pessoas admiravam seu semblante, ela conjecturava se em seu quarto, uma boa lareira estaria acesa. Era simples, gentil e boa; inexpressiva, mas não desumana ou estúpida. De vez em quando, ela deixava escapar algo que fora garimpado, selecionado — o efeito provocado por uma impressão original. Não tinha imaginação, mas havia acumulado com proveito seus sentimentos e suas reflexões a respeito da vida. Lyon falou dos velhos tempos em Munique, lembrou-lhe de episódios, prazeres e desgostos, perguntou-lhe sobre o pai e sobre os outros; e ela lhe disse, por sua vez, que estava tão impressionada com a fama dele, a bela posição que conquistara, que não tivera certeza de que falaria com ela ou de que aquele sinal emitido à mesa fosse dirigido a ela. Tratava-se de uma declaração absolutamente sincera — era incapaz de agir de outro modo — e ele se sentiu tocado por tamanha humildade da parte de uma mulher cuja linhagem era admirável. Seu pai estava morto; um de seus irmãos estava na Marinha e o outro numa fazenda, na América; duas de suas irmãs se haviam casado e a mais nova acabara de ser apresentada à sociedade e era muito bonita. Ela não mencionou a madrasta. Ela lhe perguntou a respeito de sua história pessoal e ele informou que o mais importante que lhe acontecera era o fato de nunca ter se casado.

— Mas devia — ela respondeu. — É a melhor coisa do mundo.

— Gostei de ouvir isso, vindo de você! — retrucou.

— Por que não viria de mim? Estou muito feliz.

— E é justamente por isso que não posso estar. É cruel para mim ter de louvar sua condição. Mas tive o prazer de conhecer seu marido. Tivemos uma conversa na outra sala.

— Precisa conhecê-lo melhor, tem de conhecê-lo realmente melhor — disse a Sra. Capadose.

— Tenho certeza de que, quanto mais conhecê-lo, melhor será minha opinião. Ele também tem uma bela figura.

Ela pousou seus belos olhos cinzentos em Lyon.

— Não o acha bonito?

— Bonito, inteligente e divertido. Está vendo que sou generoso.

— Sim, você precisa conhecê-lo bem — repetiu a Sra. Capadose.

— Ele viu muita coisa nesta vida — disse seu interlocutor.

— Sim. Estivemos em muitos lugares. Precisa conhecer minha filhinha. Ela tem nove anos e é muito linda.

— Devia levá-la ao meu ateliê um dia desses. Gostaria de pintá-la.

— Ah, não fale sobre isso — disse a Sra. Capadose. — Isso me faz lembrar de algo muito desagradável.

— Espero que não esteja se referindo à época em que costumava posar para mim, ainda que isso deva tê-la entediado.

— Não se trata do que você fez, mas do que nós fizemos. É uma confissão que preciso fazer, é um peso em minha mente! Estou falando daquele quadro lindo que você me deu; costumava ser muito apreciado. Quando vier me visitar em Londres (espero que faça isso muito em breve), vai começar a procurá-lo por toda parte. Não posso dizer que o conservo no meu quarto por gostar tanto dele, pela simples razão... — E ela parou por um instante.

— Porque não é capaz de contar mentiras — disse Lyon.

— Não, não sou. Então, antes que me pergunte...

— Ah, eu sei que teve de se separar dele. Já senti o golpe — interrompeu Lyon.

— Ah, então ouviu falar? Tinha certeza de que acabaria sabendo! Mas sabe quanto conseguimos por ele? Duzentas libras.

— Podia ter conseguido muito mais — disse Lyons, sorrindo.

— Isso pareceu muito àquela altura. Estávamos sem dinheiro; foi há algum tempo, assim que nos casamos. Tínhamos poucos recursos na ocasião, mas, felizmente, nossa situação mudou para melhor. Vimos surgir essa oportunidade. E realmente parecia uma bela soma, e temo que nos tenhamos precipitado. Meu marido tinha certas expectativas em relação aos negócios que acabaram, em parte, se realizando, de modo que agora estamos bem. Mas nesse meio tempo o quadro se foi.

— Felizmente, o original ficou. Quer dizer então que duzentas libras foi o preço do vaso? — perguntou Lyon.

— Do vaso?

— O belo vaso indiano, o presente do grão-duque.

— O grão-duque?

— Como é mesmo o nome? Silberstadt-Schreckenstein. Seu marido mencionou a transação.

— Ah, o meu marido — disse a Sra. Capadose. E Lyon percebeu que ela havia ficado um pouco ruborizada.

Sem o objetivo de aumentar seu constrangimento, mas de simplesmente desfazer a ambiguidade, que, no instante seguinte, percebeu que seria melhor ter ignorado, ele prosseguiu:

— Ele me contou que agora integra a sua coleção.

— A do grão-duque? Ah, você conhece sua reputação? Acho que contém verdadeiros tesouros.

Ela estava confusa, mas havia recobrado a presença de espírito e Lyon refletiu que o marido e a esposa haviam preparado versões diferentes do mesmo incidente por alguma razão que mais tarde, quando viesse a conhecê-la, acabaria lhe parecendo razoável. É verdade que não era capaz de imaginar propriamente Everina Brant preparando uma versão; esse não costumava ser seu estilo antigamente e, na realidade, parecia não continuar a ser agora. De qualquer modo, o episódio pesava na consciência de ambos. Ele mudou de assunto, dizendo que a Sra. Capadose precisava realmente levar a menina ao ateliê. Permaneceu sentado ao seu lado por mais algum tempo e pensou, talvez tenha sido apenas sua imaginação, que ela parecia um tanto ausente, como se houvesse ficado contrariada por, mesmo que por um momento, ter sido surpreendida em contradição. Isso não o impediu de lhe dizer já no final, quando as senhoras começavam a se juntar para se recolher:

— Pelo que falou, parece ter ficado muito impressionada com minha fama e prosperidade, e é bondosa o bastante para exagerá-las. Teria se casado comigo se soubesse que estava destinado a ter sucesso?

— Eu sabia disso.

— Bem, eu não.

— Você era modesto demais.

— Não pensava assim quando eu a pedi em casamento.

— Bem, se tivesse me casado com você, não poderia ter casado com ele. E ele é tão adorável! — exclamou a Sra. Capadose.

Lyon sabia que ela pensava mesmo assim — havia descoberto isso no jantar —, mas o incomodava um pouco o fato de ouvi-la dizer isso. O cavalheiro designado pelo pronome surgiu, em meio a um demorado aperto de mão de boa-noite, e a Sra. Capadose disse ao marido ao se virar:

— Ele quer pintar Any.

— Ah, ela é uma criança encantadora, uma criaturinha das mais interessantes — disse o coronel a Lyon. — Ela faz coisas incríveis.

A Sra. Capadose se deteve, no cortejo farfalhante que seguia a anfitriã para fora do aposento.

— Não conte a ele, por favor, não — disse ela.

— Não contar o quê?

— Ora, o que ela faz. Deixe que descubra sozinho — e seguiu em frente.

— Ela acha que fico contando vantagens a respeito da criança, que aborreço as pessoas — disse o coronel. — Espero que você fume.

Apareceu dez minutos depois na sala de fumantes, com um acessório exuberante, um traje de seda carmim, estampado com pequeninas manchas brancas. Lyon o olhou com satisfação, pois fez com que sentisse que também a era moderna tem seu esplendor e suas oportunidades para exibir trajes vistosos. Se sua mulher era uma peça ao estilo da antiguidade, ele, por sua vez, era um belo espécime da era das cores: poderia ter passado por um veneziano do século XVI. Formavam um casal notável, pensou Lyon, e, enquanto olhava o coronel de pé, vistoso, em porte ereto diante da lareira, emitindo grandes baforadas de fumaça, não se admirou que Everina não se arrependesse de haver rejeitado o pedido de casamento dele, Lyon. Todos os cavalheiros reunidos em Stayes eram não fumantes e alguns já haviam ido para a cama. O Coronel Capadose observou que a reunião provavelmente seria de um grupo pequeno, já que o dia fora exaustivo. Este era o pior aspecto dessas casas de campo onde se praticava a caça, os homens ficavam tão sonolentos depois do jantar: por ser algo terrivelmente idiota para as mulheres, até mesmo para aquelas que também caçavam, pois as mulheres, sendo tão extraordinárias, nunca deixavam transparecer o sono. Mas alguns dos homens se reanimavam sob os efeitos estimulantes da sala de fumantes, e alguns deles, contando com isso, acabariam aparecendo ainda. Alguns dos elementos a fortalecer essa convicção — mas não todos eles — podiam ser vistos em um punhado de copos e garrafas dispostos sobre uma mesa perto da lareira, que faziam com que a grande bandeja e seu conteúdo tilintassem de modo sociável. Os outros motivos estavam à espreita em vários recantos impróprios da mente dos mais loquazes. Lyon permaneceu a sós com o Coronel Capadose por alguns instantes, antes que seus companheiros, envergando uma excêntrica variedade de uniformes, fossem aparecendo, e ele percebeu que esse homem extraordinário quase não apresentava perda de qualquer tecido vital que precisasse ser reparado.

Falaram a respeito da casa, depois que Lyon percebeu um aspecto estranho da construção em relação à sala de fumantes; e o coronel explicou que existiam duas partes distintas, e que uma delas era muitíssimo antiga. Em síntese, eram duas casas completas, a velha e a nova, ambas bastante extensas e excelentes, cada qual à sua maneira. As duas juntas formavam uma estrutura enorme — Lyon deveria realmente conhecê-la por completo. A parte moderna fora construída pelo velho quando comprou a propriedade; ah, sim, ele a havia comprado, há cerca de quarenta anos — não era parte do patrimônio da família: não existia nenhuma família em particular da qual fizesse parte. Demonstrara bom gosto o suficiente para não estragar a casa original; só havia alterado o mínimo necessário para que fosse feita a junção das duas partes. Era realmente bastante incomum — uma construção irregular, espalhada e misteriosa, na qual, volta e meia, eram descobertos um aposento oculto atrás de alguma parede ou uma escada secreta. Para o seu gosto, contudo, apresentava um aspecto essencialmente soturno; mesmo as partes modernas acrescentadas, esplêndidas como eram, não conseguiam alegrá-la. Corria a história a respeito de um esqueleto que teria sido encontrado anos antes, durante uma reforma, sob uma laje no chão de uma de suas galerias, mas a família se mostrava muito reticente ao falar no assunto. O lugar no qual se encontravam ficava, é claro, na parte antiga, que, afinal, continha alguns dos melhores aposentos: acreditava que a cozinha primitiva ficava ali, antes de ser parcialmente modernizada em alguma época posterior.

— Meu quarto, então, também fica na parte antiga. Fico feliz por isso — disse Lyon. — É bastante confortável e contém todas as comodidades modernas, mas, ao sair, chamaram minha atenção a profundidade do recesso da porta e a evidente antiguidade do corredor e da escada, a primeira e menor delas. Esse corredor com seus painéis de madeira é admirável; é como se tivesse sido esticado, em sua obscuridade, em tom castanho (as lamparinas parecem não produzir grande efeito nele), ao longo de meia milha.

— Ah, não se atreva a ir até o fim dele! — exclamou, sorrindo, o coronel.

— Vai dar no aposento mal-assombrado? — perguntou Lyon.

Seu interlocutor olhou-o por um momento.

— Ah, então ouviu falar disso?

— Não falo por conhecimento, só pela expectativa. Nunca tive essa sorte; nunca fiquei numa casa mal-assombrada. Os lugares aonde vou são sempre tão seguros quanto Charing Cross. Quero ver, seja lá o que for, a coisa propriamente dita. Tem algum fantasma lá?

— É claro que tem um, e bastante barulhento.

— E você já o viu?

— Ah, não me pergunte o que eu vi, pois acabaria pondo sua credulidade à prova. Não gosto de falar dessas coisas. Mas há dois ou três quartos terríveis, ou seja, excelentes!

— Quer dizer, no meu corredor? — perguntou Lyon.

— Acho que o pior deles está bem no final. Mas não seria aconselhável você dormir lá.

— Aconselhável?

— Até que tenha terminado seu trabalho. Vai receber cartas importantes na manhã seguinte e terá de pegar o trem das 10h20.

— Quer dizer que vou inventar um pretexto para fugir?

— A menos que seja mais corajoso do que quase todo mundo se mostrou até agora. Não costumam pôr as pessoas para dormir ali, mas às vezes a casa está tão lotada que são obrigados a fazer isso. A mesma coisa sempre acontece: certa indisfarçável agitação no café da manhã e as cartas da mais alta importância. É claro que se trata de um quarto de solteiro, e eu e minha esposa estamos na outra ponta da casa. Mas assistimos a essa comédia há três dias, no dia seguinte ao que chegamos. Um jovem foi alojado ali, esqueci seu nome, a casa estava muito cheia; a costumeira sequência de fatos se seguiu. Cartas no café da manhã, uma expressão muito estranha no rosto, lamentava muitíssimo que sua visita tivesse de ser abreviada. Ashmore e sua esposa olharam um para o outro, e lá se foi o pobre coitado.

— Isso seria muito inconveniente para mim; preciso pintar meu quadro — disse Lyon. — Mas eles não se importam que você fale disso? Sabe que algumas pessoas que são proprietárias de um fantasma mostram muito orgulho disso.

Qual resposta o Coronel Capadose haveria de dar a essa pergunta, nosso herói jamais viria a saber, pois nesse momento o anfitrião deles acabara de entrar na sala, acompanhado por três ou quatro cavalheiros. Lyon teve consciência de que a pergunta fora parcialmente respondida pelo coronel quando este deixou de falar sobre o assunto. Isso, por outro lado, tornou-se um gesto natural pelo fato de um dos cavalheiros solicitar dele uma opinião sobre a questão que vinha sendo discutida, algo relacionado à história ocorrida durante a caçada ao longo do dia. Ao próprio Lyon, o Sr. Ashmore começou a falar, lamentando ter conversado tão pouco com ele até o momento. O tema que parecia inevitável era naturalmente aquele intimamente associado à visita do artista. Lyon observou que era uma grande desvantagem não ter feito, até então, nenhum contato preliminar com o Sr. David; na maioria dos casos, considerava isso da maior importância. Mas o modelo em questão era de idade tão avançada que, sem dúvida, não havia tempo a perder.

— Ah, posso lhe contar tudo a respeito dele — disse o Sr. Ashmore. E, pela meia hora seguinte, falou bastante.

Foi muito interessante, assim como bastante laudatório, e Lyon era capaz de ver que se tratava de um ancião muito amável, que soube se fazer tão amado por um filho que não era, claramente, pessoa das mais efusivas. Finalmente, pôs-se de pé, dizendo que precisava dormir se quisesse estar em condições de trabalhar pela manhã, ao que seu anfitrião retrucou:

— Então precisa levar sua vela; as luzes estão apagadas; não mantenho meus criados acordados.

Num instante, Lyon tinha já na mão uma vela com a luz trêmula e, ao sair em direção ao seu quarto (não havia perturbado os outros desejando boa-noite; estavam ocupados com um espremedor de limão e uma garrafa de soda), lembrou-se de outras ocasiões em que encontrara o caminho para sua cama sozinho, numa casa de campo às escuras. Não tinham sido poucas, pois, com frequência, era sempre o primeiro a abandonar a sala dos fumantes. Se não chegara a ficar numa casa comprovadamente assombrada, havia pelo menos (possuindo um temperamento artístico) observado os grandes salões sombrios e as escadas às vezes um tanto arrepiantes: graças à sua imaginação, um efeito sinistro sempre se fazia sentir ao ouvir o som dos próprios passos ecoando pelos longos corredores ou no modo como, no inverno, a lua entrava pelas janelas altas e vinha iluminar o topo das escadas. Ocorreu-lhe o fato de que, se casas sem pretensões sobrenaturais eram capazes de parecer tão malévolas à noite, os velhos corredores de Tayes poderiam proporcionar certa sensação. Não sabia se os proprietários se mostrariam suscetíveis; muitas vezes, como dissera ao Coronel Capadose, as pessoas apreciavam ver suas casas acusadas. O que o levou a falar, com certa noção do risco, foi a impressão de que o coronel contava histórias estranhas. Quando estava com a mão na porta, disse a Arthur Ashmore:

— Espero que não encontre fantasmas.

— Fantasmas?

— Vocês devem ter alguns, nesta parte mais antiga da casa.

— Damos o melhor de nós, mas *que voulez vous*? — indagou o Sr. Ashmore. — Não acho que gostem do encanamento de água quente.

— Isso faz com que se lembrem do clima da terra deles? Mas vocês não têm um quarto mal-assombrado, no fim do meu corredor?

— Ah, correm histórias e nós tentamos alimentá-las.

— Gostaria muito de dormir ali — disse Lyon.

— Bem, pode se mudar para lá amanhã, se quiser.

— Talvez seja melhor esperar até terminar meu trabalho.

— Muito bem, mas não vai trabalhar lá, você sabe. Meu pai vai posar para você no próprio aposento dele.

— Ah, não é isso. É o medo de ter de fugir, como ocorreu com aquele cavalheiro há três dias.

— Há três dias? Que cavalheiro? — indagou o Sr. Ashmore.

— O que recebeu cartas urgentes no café da manhã e fugiu no trem das 10h20. Ele ficou mais do que uma noite?

— Não sei do que está falando. Não existiu cavalheiro algum, há três dias.

— Melhor assim, então — disse Lyon, assentindo com a cabeça um gesto de boa-noite e se despedindo.

Encontrou seu caminho, conforme se lembrava dele, com a chama trêmula da vela, e, apesar de encontrar um sem-número de objetos lúgubres, chegou em segurança ao corredor para onde dava a porta de seu quarto. Em meio à completa escuridão, o corredor parecia estender-se ainda mais, no entanto ele o percorreu, por mera curiosidade, até o fim. Passou por diversas portas com os nomes dos quartos nelas pintados, mas nada encontrou. Ficou tentado a abrir a última porta, para olhar no quarto de sinistra reputação, mas ponderou que isso seria uma indiscrição, já que o Coronel Capadose manuseava o pincel — na condição de contador de casos — com tanta liberdade. Poderia haver um fantasma ou não, mas o próprio coronel — ele estava inclinado a pensar — era o personagem mais misterioso da casa.

II

LYON CONSIDEROU Sir David Ashmore um tema notável e, ainda por cima, um modelo bastante cômodo. Era, além disso, um senhor muito agradável, bastante enrugado, mas nem de longe apático; e vestia exatamente o roupão forrado de pelos que Lyon teria escolhido. Mostrava-se orgulhoso de sua idade, mas envergonhado de suas doenças, as quais, contudo, eram por ele muito exageradas, o que não o impedia de se sentar ali de modo bastante submisso, como se a pintura de quadros a óleo fosse um ramo da cirurgia. Demoliu o mito de que temesse que a operação viesse a ser fatal, oferecendo uma explicação que agradou muito mais a nosso amigo. Sustentava que um cavalheiro deveria ser pintado uma única vez na vida e que era uma demonstração de avidez e de presunção ter quadros seus espalhados por toda parte. Isso era apropriado para as mulheres, que proporcionavam um belo padrão para adornar paredes, mas o rosto masculino não se prestava à decoração repetitiva. A época da aparência adequada era a derradeira, quando o homem estava lá por inteiro; tinha-se a totalidade da experiência. Lyon não podia retrucar que esse período não era um verdadeiro compêndio. Para tanto, seria preciso que tivesse ocorrido algum tipo de vazamento, pois, na cristalização de Sir David, não havia ocorrido nenhuma rachadura. Falava do próprio retrato como um simples mapa do país, algo a ser consultado pelos filhos em caso de incerteza. Um mapa adequado só podia ser traçado quando se tivesse viajado pelo país. Pôs suas manhãs à disposição de Lyon, até a hora do almoço, e eles falavam de muitas coisas, sem esquecer, como um estímulo à fofoca, das pessoas da casa. Agora que "não saía" mais, como dizia, via muito menos os visitantes de Stayes: chegavam e saíam pessoas sobre as quais nada sabia, e gostava de ouvir Lyon descrevendo-as. O artista fez seus esboços com uma pena afiada, sem recorrer a caricaturas, e geralmente ocorria de, quando não conhecia os filhos e as filhas, ter conhecido os pais e as mães. Era um desses anciãos terríveis, que vinham a ser repositório de antecedentes das pessoas. Mas, no caso da família Capadose, à qual haviam chegado por etapas, seu conhecimento abrangia duas ou até mesmo três gerações. O General Capadose fora um velho camarada, e ele se lembrava de seu pai. O general tinha sido um soldado inteligente, mas, na vida real, inclinado demais a um estilo especulativo — sempre pronto a se esgueirar no centro financeiro de Londres para pôr seu dinheiro em algum negócio duvidoso. Casou-se com uma jovem que acrescentou algo ao seu patrimônio e ambos tiveram meia dúzia de filhos. Mal sabia o que havia acontecido com os outros, apenas que um deles entrara para a Igreja e que obtivera uma nomeação — não tinha sido para decano de Rockingham? Clement, o sujeito que estava em Stayes, possuía algum talento para a carreira militar; servira no Oriente e se casara com uma bonita jovem. Tinha cursado Eton com seu filho e costumava vir para Stayes nas férias. Ultimamente, ao voltar para a Inglaterra, voltara a aparecer com a esposa; isso foi antes de ele — o pai — passar desta para a melhor. Era um homem resistente, mas tinha uma fraqueza monstruosa.

— Uma fraqueza monstruosa? — indagou Lyon.

— É um mentiroso descarado.

O pincel de Lyon se deteve, enquanto repetia, pois, de algum modo, a expressão o deixara espantado.

— Um mentiroso descarado?

— Tem sorte por não ter descoberto isso ainda.

— Bem, devo confessar que percebi certa tendência a romancear...

— Ah, nem sempre é romântico. É capaz de mentir sobre a hora, sobre o nome de seu chapeleiro. Parece que há pessoas assim.

— Bem, são tratantes preciosos — declarou Lyon, sua voz tremendo um pouco ao pensar no que Everina Brant fizera consigo mesma.

— Ah, nem sempre — disse o velho. — Esse sujeito está longe de ser um tratante. Não há nele nenhum mal, nem más intenções; não rouba, nem trapaceia, nem joga ou bebe. Ele é muito gentil, é apegado à esposa e adora suas crianças. Simplesmente não consegue nos dar uma resposta direta.

— Então tudo o que ele me contou na noite passada, suponho, era mentira: pôs-se a fazer uma série de declarações categóricas. Ao tentar digeri-las, não consegui, mas em nenhum momento pensei numa explicação tão simples.

— Sem dúvida, ele estava no estado de espírito — prosseguiu Sir David. — É uma peculiaridade natural, como ser manco, gago ou canhoto. Acho que é algo que vem e vai, como uma febre intermitente. Meu filho diz que os amigos o compreendem e não o repreendem por isso, em consideração a sua esposa.

— Ah, a sua esposa, sua esposa! — murmurou Lyon, pintando mais rápido.

— Ouso dizer que ela está acostumada com isso.

— Jamais, Sir David. Como poderia se acostumar com isso?

— Ora, meu caro, quando uma mulher gosta de alguém! E elas mesmas não manejam esse arco? Elas são *connoisseurs*; sentem simpatia por um companheiro de ofício.

Lyon permaneceu em silêncio por um momento. Não tinha argumentos para negar que a Sra. Capadose fosse afeiçoada ao marido. Mas, pouco depois, retrucou:

— Ah, mas não essa! Eu a conheci anos atrás, antes do seu casamento. Conheci-a bem e a admirava. Era límpida como água da fonte.

— Gosto muito dela — disse Sir David —, mas tenho visto que ela o apoia.

Lyon observou Sir David por um instante, e não na condição de modelo.

— Tem certeza?

O velho hesitou. Então respondeu, sorrindo:

— Você está apaixonado por ela.

— É bem provável. Deus sabe como eu a amava!

— Ela precisa ajudá-lo, não pode deixá-lo exposto.

— Ela pode ficar em silêncio — observou Lyon.

— Bem, diante de você, provavelmente ela ficará.

— É o que estou curioso para ver. — E Lyon acrescentou, falando para si mesmo: — Só Deus sabe o que fez com ela!

Guardou essa reflexão para si mesmo, pois acreditava que, quanto ao seu estado de espírito em relação à Sra. Capadose, já se expusera demais. Contudo, preocupava-o imensamente a questão de saber como uma mulher se arranjaria naquela situação delicada. Agora a observava com um interesse que se intensificava rapidamente ao se ver na companhia de outras pessoas. Havia enfrentado os próprios problemas na vida, mas raramente se mostrara tão ansioso a respeito de qualquer outra coisa quanto estava agora, desejando saber que efeito a lealdade de uma esposa e a contaminação por um exemplo exerceram sobre uma mente absolutamente honesta. Ah, tinha na conta de uma verdade inabalável que não importa o que outras mulheres se mostrassem inclinadas a fazer, ela, desde sempre, havia provado ser incapaz de cometer um deslize. Mesmo que não fosse simples demais para dissimular, ela seria orgulhosa demais para isso. E, se não tivesse a consciência tão alerta, teria

138

mostrado muito pouca avidez nesse sentido. Tratava-se da última coisa que ela suportaria ou toleraria — justamente o que não teria perdoado. Será que sofria sentada enquanto o marido executava seus saltos mortais, ou agora também se tornara perversa a ponto de achar louvável marcar pontos à custa da honra de alguém? Teria sido necessária uma notável alquimia — de trás para a frente, na realidade — para vir a produzir esse resultado. Além dessas duas alternativas (a de que se torturava em silêncio e a de que estava apaixonada o bastante para que a humilhante idiossincrasia do marido lhe parecesse apenas uma qualidade a mais — uma prova de vida e talento), havia ainda a possibilidade de que ela não o tivesse enxergado realmente, de que ela tomasse suas falsidades a sério, aceitando o valor que ele lhes atribuía. Uma rápida reflexão tornava essa hipótese insustentável; era por demais evidente que as versões por ele apresentadas deviam ter repetidamente entrado em contradição com as informações que ela detinha. Uma ou duas horas depois de tê-los encontrado, Lyon havia presenciado como ela se viu diante de uma invenção perfeitamente gratuita a respeito do lucro que obtiveram com seu antigo quadro. Mesmo então, ela não tinha, até onde ele podia perceber, acusado o golpe... mas até aquele momento só podia ponderar a respeito do ocorrido.

Mesmo que não tivesse se combinado, por meio da ternura que ainda sentia pela Sra. Capadose, com um elemento de suspense, a questão ainda se teria colocado diante dele como um problema bastante singular, já que não estaria pintando retratos há tantos anos sem se ter tornado uma espécie de psicólogo. Sua investigação, até aquele momento, tinha como limite as oportunidades que poderiam ser oferecidas nos três dias seguintes, já que o coronel e sua esposa haviam marcado sua partida para outra casa. Concentrava-se principalmente, é claro, também sobre o próprio coronel — sendo este cavalheiro vítima de uma anomalia tão rara. Além disso, essa investigação deveria ser realizada rapidamente. Lyon era escrupuloso demais para perguntar a outras pessoas o que pensavam a respeito — temia expor a mulher que amara no passado. Era também provável que a luz sobre o caso fosse lançada a partir das conversas das outras pessoas que lhes faziam companhia: o estranho hábito do coronel, afetando na mesma medida tanto sua situação quanto a de sua esposa, àquela altura já seria um assunto familiar em quaisquer das casas em que tivesse o hábito de se hospedar. Nos círculos que havia visitado, Lyon não observara qualquer recusa deliberada em comentar as singularidades de seus integrantes. Interferia em sua investigação o fato de o coronel passar o dia inteiro caçando, enquanto ele manejava seus pincéis e conversava com Sir David; mas, graças à intervenção de um domingo, o grupo voltou a se reunir. Felizmente, a Sra. Capadose não caçava e, depois que ele dava seu trabalho por terminado, ela não se tornava inacessível. Fez algumas longas caminhadas ao seu lado (ela gostava disso) e a distraiu na hora do chá, atraindo-a para um recanto aconchegante da sala. Por mais que a observasse, era incapaz de chegar à conclusão de que estivesse sendo consumida por algum sentimento secreto de vergonha; em seu espírito, a ideia de ser casada com um homem cuja palavra não tinha valor, até onde podia perceber, não era o cancro que crescia dentro da rosa. Sua mente parecia não conter nada a não ser a própria franqueza serena e, quando olhava em seus olhos (bem no fundo deles, como às vezes se permitia fazer), não havia ali nenhum indício de uma consciência constrangida. Sempre conversava com ela sobre os velhos tempos — lembrando-lhe coisas das quais acreditava não mais se recordar. Então, falou-lhe do marido, elogiando sua aparência, seu talento para a conversação, confessou logo ter sentido por ele um sentimento de amizade e perguntou (com uma sensação íntima de audácia que o fez tremer um pouco) que tipo de homem era.

— Que tipo? — indagou a Sra. Capadose. — Meu caro, como é possível descrever o próprio marido? Eu gosto muito dele.

— Ah, isso você já me disse! — exclamou Lyon, queixando-se num tom exagerado.

— Então por que está me perguntando de novo? — acrescentou após um momento, como se estivesse feliz a ponto de se dar ao luxo de ter pena dele. — Ele é tudo o que há de bom e gentil. É um soldado e um cavalheiro, e me é muito querido! Não tem um defeito sequer. E é muito capaz.

— Sim, ele chama a atenção como alguém de grande capacidade. Mas é claro que não posso pensar nele como me sendo querido.

— Não me importa o que pensa a respeito dele! — disse a Sra. Capadose, parecendo-lhe, ao sorrir, mais linda do que em qualquer outra ocasião de que se lembrasse.

Estava sendo profundamente cínica ou ainda mais profundamente impenetrável, e via poucas chances de obter dela aquilo por que ansiava — algum sinal de que se dera conta de que teria sido melhor, afinal, ter casado com um homem que não fosse um exemplo vivo do mais desprezível e do menos heroico dos vícios. Não tinha ela visto — não havia sentido — o sorriso que circulava enquanto seu marido executava alguma pirueta especialmente característica com que animava suas conversas? Como uma mulher de sua qualidade era capaz de suportar, dia após dia, ano após ano, a não ser deixando que essa própria qualidade acabasse sendo afetada? Mas ele só acreditaria nessa alteração quando ouvisse ela própria mentir. Estava fascinado — e, em parte, irritado — por esse problema, e fazia a si mesmo todo tipo de perguntas. Ela não mentia, afinal, ao deixar passar sem um protesto todas as falsidades dele? Não era sua vida um perpétuo ato de cumplicidade, e ela não o ajudava e estimulava pelo simples fato de não demonstrar repugnância por ele? Mas talvez, afinal, ela sentisse repugnância e talvez não fosse o mero orgulho desesperado que lhe dera aquela máscara impenetrável. Talvez ela protestasse em particular, de modo apaixonado; talvez todas as noites, em seus aposentos, após um dia em que tivesse ocorrido uma performance terrível, fizesse diante dele uma cena devastadora. Mas, se essas cenas de nada adiantavam e ele não fazia o menor esforço para se curar, como ela poderia encará-lo, e também depois de tantos anos de casamento, com a mais absoluta complacência que Lyon havia presenciado nela durante o jantar no primeiro dia? Se nosso amigo não estivesse apaixonado por ela, poderia ter encarado as más ações do coronel como um divertimento, mas, naquela situação, elas adquiriam em sua mente um aspecto trágico, mesmo sabendo que sua preocupação também poderia ter sido motivo de riso.

O que observara durante aqueles três dias mostrava-lhe que, se Capadose mentia de forma abundante, não o fazia por maldade, e que essa habilidade era exercitada geralmente com temas de pequena importância. "É um mentiroso platônico — disse a si mesmo —, é desinteressado, não age visando a algum tipo de ganho ou com a intenção de ferir. Trata-se da arte pela arte, e ele é motivado pelo amor à beleza. Tem, no seu íntimo, uma visão das coisas como poderiam ou deveriam ter sido, e colabora com uma boa causa simplesmente substituindo uma nuance. Ele pinta, isso é tudo, e eu também!" Suas manifestações apresentavam uma variedade considerável, mas, por todas elas, percebia-se o mesmo traço familiar, que consistia numa singular futilidade. Era isso que as tornava ofensivas; elas obstruíam o campo da conversação, ocupavam um espaço valioso, convertiam-na numa espécie de neblina em pleno sol. Para uma pequena mentira contada sob pressão, um lugar conveniente geralmente pode ser encontrado, como, por exemplo, uma pessoa que, em uma estreia de uma peça, se apresenta com um recado do autor. Mas a mentira exagerada é como o cavalheiro sem um ingresso que se acomoda com um banquinho no meio da passagem.

Num aspecto em particular, Lyon absolvia seu rival bem-sucedido; intrigara-o o fato de que, sendo irrefreável como era, nunca se tivesse metido numa encrenca no Exército. Mas percebeu que ele o respeitava — essa instituição venerável era sagrada e estava a salvo de suas investidas. Além disso, apesar de haver muitas bravatas em suas conversas, estranhamente era raro que contasse vantagem a respeito de suas façanhas militares. Nutria paixão pela caça, que praticara em terras distantes e algumas de suas mais belas flores consistiam em reminiscências de fugas e perigos solitários. Quanto mais solitário fosse o cenário, maiores, é claro, eram as flores. Uma pessoa que fosse apresentada ao coronel sempre recebia o tributo de um buquê: essa foi uma generalização que Lyon rapidamente fez. E esse homem extraordinário apresentava incoerências e lapsos — lapsos que o lançavam numa insípida veracidade. Lyon reconhecia aquilo que Sir David lhe havia contado, que suas aberrações surgiam em acessos ou períodos — que, às vezes, manteria uma trégua com Deus por intervalos de um mês. A musa soprava-lhe a inspiração a seu bel-prazer; e, às vezes, o deixava sozinho. Ele desprezaria as oportunidades mais promissoras e, então, se arriscaria içando velas no vento forte. Como regra geral, afirmava o que era falso, em vez de negar a verdade; contudo, essa proporção às vezes se apresentava ligeiramente invertida. Com frequência, aderia ao riso dirigido contra ele mesmo — admitia que estava fazendo uma experiência e que muitos de seus casos tinham um caráter experimental. Ainda assim, jamais se retratava ou batia em retirada — mergulhava e voltava a surgir em outro lugar. Lyon adivinhou que era capaz, de tempos em tempos, de defender sua posição com violência, mas apenas quando se tratava de uma posição muito ruim. Nessas situações, podia facilmente se tornar perigoso — então, investia e se tornava calunioso. Essas ocasiões poriam à prova a equanimidade da esposa; Lyon teria gostado de vê-la então. Na sala de fumantes ou em qualquer outro lugar em que os visitantes se reunissem, contanto que fossem presenças habituais, sempre manifestavam um protesto hilariante. Mas entre os homens que já o conheciam há muito tempo, sua bela entonação era já uma velha conhecida, tão velha que deixaram de falar a respeito, e Lyon não se importava, como disse, em extrair uma opinião daqueles que poderiam ter compartilhado de sua surpresa.

A coisa mais estranha de todas era que nem a surpresa nem a familiaridade impediam que o coronel fosse estimado. Seus maiores esforços dirigidos para atrair uma atenção cética passavam por um excesso de vida e jovialidade — quase por beleza. Ele gostava de retratar sua coragem e usava, para isso, um pincel muito grosso, mas era inegavelmente corajoso. Era excelente cavaleiro e atirador, a despeito da coleção de histórias destinadas a ilustrar essas qualidades. Em resumo, era inteligente quase na mesma medida, e sua carreira fora quase tão maravilhosa quanto sugeria. Sua melhor qualidade, contudo, ainda era essa sociabilidade indiscriminada que partia do pressuposto de que todos se interessavam por ele e nele acreditavam, e era a respeito dessa capacidade que ele menos contava vantagens. Tornava-o comum, tornava-o até mesmo vulgar, em certo sentido, mas era tão contagioso que o ouvinte ficava mais ou menos do seu lado, contra todas as probabilidades. Uma reflexão própria de Oliver Lyon dizia que ele não apenas mentia, como também fazia os outros se sentirem um pouco mentirosos, mesmo (e especialmente) se alguém o contradissesse. À noite, durante o jantar e mais tarde, nosso amigo observou o rosto da esposa para ver se passava por ele alguma leve sombra ou espasmo. Mas ela não demonstrava nada, e o espantoso era que, quando ele falava, ela quase sempre escutava. Este era seu orgulho: não queria que suspeitassem que se recusava a ouvir aquela música. Lyon, entretanto, teve a visão importante de uma figura velada que apareceu no dia seguinte ao entardecer em certos locais para fazer reparos aos estragos causados pelo coronel, do mesmo modo que os parentes de cleptomaníacos visitam regularmente as lojas que por eles foram surrupiadas.

"Devo me desculpar, é claro que não era verdade. Espero que nenhum mal tenha sido causado, é que a sua incorrigível..." Ah, ouvir a voz daquela mulher se rebaixando daquela maneira! Lyon não tinha nenhum plano malévolo, nenhum desejo consciente de explorar sua vergonha ou sua lealdade; mas realmente disse a si mesmo que gostaria de se aproximar dela para fazê-la sentir que haveria mais dignidade numa união com outra pessoa. Até sonhou com a hora em que, com o rosto ruborizado, ela lhe pediria para não a repreender. Então ele se mostraria consolado — seria quase magnânimo.

Lyon terminou seu quadro e partiu, depois de ter trabalhado num lampejo de interesse que o fez acreditar em seu sucesso, até que descobriu ter agradado a todos, especialmente ao Sr. e à Sra. Ashmore, quando ele começou a se mostrar cético. O grupo, de qualquer modo, mudou: o coronel e a Sra. Capadose seguiram seu caminho. Contudo, ele foi capaz de dizer a si mesmo que sua separação daquela dama foi menos um fim do que um começo, e procurou-a logo depois de voltar à cidade. Ela lhe dissera a que horas podia ser encontrada em casa — parecia gostar dele. Se gostava dele, por que não se casara com ele ou pelo menos por que não lamentava ter deixado de fazer isso? Se por acaso lamentava, disfarçava isso muito bem. A essa altura, a curiosidade de Lyon pode parecer presunçosa, mas é preciso permitir algo a um homem desapontado. Não pedia muito, afinal; não queria que ela o amasse agora ou que permitisse que lhe dissesse que a amava, mas apenas que lhe transmitisse algum sinal de que se arrependia. Em vez disso, até agora ela se havia limitado

145

a exibir sua filhinha a ele. A criança era linda e tinha os mais belos olhos de uma criatura inocente que ele já vira, o que não o impediu de se perguntar se ela contava mentirinhas terríveis. Essa ideia o divertiu muito — o quadro da ansiedade com que sua mãe a examinaria à medida que fosse crescendo sempre em busca dos sintomas de hereditariedade. Essa era uma bela ocupação para Everina Brant! Será que ela mesma mentia para a criança, a respeito do pai — seria necessário, quando ela a estreitava nos braços, encobrir os rastros deixados por ele? Será que ele se controlava diante da menina, de modo que ela não o ouvisse dizer coisas que sabia serem diferentes do que ele havia contado? Lyon duvidava disso: o impulso seria forte demais para ele, e a única segurança para a criança consistiria no fato de ser estúpida demais para analisar isso. Ainda era impossível emitir qualquer julgamento — ela era nova demais. Se crescesse para se tornar inteligente, ela certamente seguiria os passos dele — um delicioso aperfeiçoamento em relação à situação de sua mãe! Seu pequeno rosto não parecia astuto, mas o grande rosto do pai também não, de modo que isso nada provava.

Lyon lembrou a seus amigos mais de uma vez sua promessa de que Amy viria a posar para ele, e era apenas uma questão de ele dispor de algum tempo livre. Também cresceu nele o desejo de pintar o coronel — uma operação da qual prometia a si mesmo extrair uma grande satisfação pessoal. Ele o exporia por meio do desenho e também o captaria nessa totalidade sobre a qual tinha conversado com Sir David, e ninguém, a não ser os iniciados, viria a saber. Eles, contudo, teriam a pintura em alta conta, e seria efetivamente em formato grande — uma obra-prima de caracterização sutil, de perfídia legítima. Durante anos, sonhara em produzir algo que trouxesse a marca tanto do psicólogo como do pintor, e ali, afinal, estava seu tema. Era uma pena que não fosse melhor, mas isso não era sua culpa. Já se firmara nele a impressão de que ninguém conseguia expor o coronel melhor do que ele, e não o fazia apenas por instinto, mas deliberadamente. Havia momentos em que quase se assustava com a perspectiva de sucesso apresentada por seu plano — o pobre cavalheiro já tinha ido terrivelmente longe. Algum dia, iria parar, olhar Lyon bem nos olhos — adivinhar que o estavam manipulando —, o que faria com que sua mulher também adivinhasse. Não que Lyon se importasse muito com isso, contanto que ela não conseguisse supor (como deveria) que ela era igualmente vítima da brincadeira. A essa altura, apegara-se de tal forma ao hábito de visitá-la nas tardes de domingos que ficava aborrecido quando ela deixava a cidade. Isso acontecia com frequência, visto que o casal visitava muito os conhecidos e o coronel estava sempre atrás de alguma caçada, que apreciava particularmente quando podia ser praticada à custa dos outros. Lyon teria suposto que esse tipo de vida se adequava particularmente mal ao gosto dela, pois ele tinha uma noção de que era nas casas de campo que a índole de seu marido se manifestava com mais intensidade. Deixá-lo partir sem ela, não ter de vê-lo se expor — isso deveria consistir num alívio e num luxo para ela. Na verdade, ela havia contado a Lyon que preferia ficar em casa, mas deixou de dizer que era porque na casa dos outros ela sofria: o motivo que deu era o de que gostava de ficar com a filha. Talvez não fosse um gesto criminoso sacar desse arco, mas era vulgar: o pobre Lyon ficou encantado ao chegar a essa fórmula. Certamente algum dia também ele cruzaria aquela linha — se tornando um animal nocivo. Sim, nesse meio tempo ele era vulgar, a despeito de seus talentos, sua bela pessoa, sua impunidade. Por duas vezes, abrindo exceções, no fim do inverno, sua mulher permaneceu em casa quando o marido deixou a cidade para alguns dias de caçada. Lyon ainda não havia chegado a ponto de perguntar se o desejo de não perder duas de suas visitas tinha algo a ver com sua imobilidade. Talvez tivesse sido mais apropriado conduzir essa investigação mais tarde, quando ele começou a pintar a criança e ela sempre a acompanhava. Mas não era do estilo dela deixar de chamar as coisas pelo seu nome, fingir, e Lyon podia ver que ela nutria uma paixão maternal, apesar do sangue ruim que corria nas veias da menininha.

Ela vinha sistematicamente, apesar de Lyon haver multiplicado as sessões: Amy nunca era confiada à governanta ou à criada. Ele dera cabo do pobre Sir David em dez dias, mas era provável que o retrato da criança de rosto simples se estendesse pelo ano seguinte. Pedia uma sessão atrás da outra e teria parecido óbvio a qualquer um que estivesse acompanhando o caso que estava exaurindo a menina. Contudo, ele sabia não ser esse o caso, e a Sra. Capadose também sabia: ambos estavam presentes nos longos intervalos que ele lhe dava, quando a menina abandonava a pose e vagava pelo grande ateliê, divertindo-se com suas curiosidades, brincando com velhos panos e vestidos, tendo plena autorização para mexer em tudo. Então sua mãe e o Sr. Lyon sentavam-se e conversavam; ele colocava de lado os pincéis e se recostava na cadeira; ele sempre lhe servia chá. O que a Sra. Capadose não sabia era em que medida ele havia negligenciado outras encomendas durante aquelas semanas: mulheres não mostram muita imaginação em relação ao trabalho de um homem para além de uma vaga ideia de que não é importante. Na realidade, Lyon adiara tudo e deixara várias celebridades esperando. Havia longos períodos de silêncio em que manejava seus pincéis, durante os quais aquilo de que se mostrava mais consciente era o fato de Everina estar sentada ali. Ela mergulhava com facilidade nessa situação se ele não insistisse em conversar, e não se mostrava constrangida nem entediada com isso. Às vezes, ela pegava um livro, pois havia muitos ao seu redor; outras vezes, um pouco à parte, em sua cadeira, assistia aos seus progressos (sem, contudo, nem pensar em aconselhar ou corrigir), como se ela se importasse com cada pincelada que representava sua filha. Essas pinceladas, ocasionalmente, eram feitas um pouco ao acaso; penava muito mais em seu coração do que em sua mão. Não estava mais constrangido do que ela, mas parecia agitado. Era como se nas sessões (pois também a criança era maravilhosamente tranquila) algo estivesse crescendo ou já tivesse crescido entre eles — uma confiança tácita, um segredo inexprimível. Era assim que ele sentia; mas, afinal de contas, não podia ter certeza de que ela se sentisse do mesmo jeito. O que desejava que ela fizesse por ele era muito pouco; não se tratava sequer de que ela confessasse ser infeliz. Ficaria infinitamente satisfeito se ela desse a entender, pelo menor indício que fosse, que reconhecia que, ao seu lado, sua vida teria sido melhor. Às vezes ele conjecturava — suas suposições iam até esse ponto — que poderia ver esse sinal no fato de ela se contentar em permanecer sentada ali.

III

FINALMENTE, ele mencionou a questão do retrato do coronel: aquele período do ano já se aproximava do fim — haveria pouco tempo antes de ocorrer uma dispersão geral. Disse que deveriam aproveitar a ocasião ao máximo; o fundamental era começar. Então, no outono, com a retomada da vida em Londres, poderiam prosseguir. A isso, a Sra. Capadose objetou que não poderia consentir em aceitar outro presente de tamanho valor. No passado, Lyon lhe dera o retrato dela mesma, e tinha visto a indelicadeza que haviam feito com ele. Agora oferecera a ela essa maravilhosa lembrança da criança — e maravilhosa a tela ficaria quando terminada, era evidente, se é que chegaria algum dia a se dar por satisfeito com a obra; um objeto precioso que eles guardariam cuidadosamente para sempre. Mas sua generosidade precisava parar aí — não poderiam ver-se endividados dessa maneira com sua gratidão. Não tinham como encomendar o quadro — é claro que entenderia isso sem que ela precisasse explicar: era um luxo que não estava ao alcance de suas posses, pois tinham conhecimento das altas somas que recebia. Além disso, o que haviam feito algum dia — acima de tudo, o que ela fizera, para que ele os cumulasse de favores? Não, estava se mostrando bom demais; era realmente impossível que Charles viesse a posar. Lyon ouviu-a sem protestar, sem interromper, enquanto se concentrava em seu trabalho, e afinal disse:

— Bem, se não quer recebê-lo, por que não deixar que ele pose para mim para meu próprio prazer e lucro? Deixe que seja um favor, um serviço que peço a ele. O fato de pintá-lo me fará muito bem, e o quadro permanecerá em minhas mãos.

— Como pintá-lo poderia fazer bem a você? — perguntou a Sra. Capadose.

— Bem, ele é um modelo bem peculiar, um tema muito interessante. Tem um rosto bastante expressivo. Isso irá me ensinar uma infinidade de coisas.

— Expressivo do quê? — disse a Sra. Capadose.

— Ora, de sua natureza.

— E quer pintar sua natureza?

— É claro que sim. É o que um grande retrato nos proporciona, e hei de fazer um grande retrato do coronel. Minha reputação sairá ganhando. De modo que, como vê, meu pedido é claramente movido por interesse próprio.

— Como pode melhorar ainda mais sua reputação?

— Ah, eu sou insaciável! Consinta, por favor — disse Lyon.

— Bem, sua natureza é bastante nobre — observou a Sra. Capadose.

— Ah, pode confiar em mim, vou trazer isso à tona! — exclamou Lyon, sentindo um pouco de vergonha de si mesmo.

Antes de partir, a Sra. Capadose disse que seu marido provavelmente iria concordar com seu convite, mas acrescentou:

— Nada me convenceria a deixar que você se intrometesse dessa maneira!

— Ah, você! — riu Lyon. — Poderia pintá-la até no escuro!

Pouco tempo depois, o coronel colocou seu tempo livre à disposição do pintor e, ao fim de julho, já lhe havia feito várias visitas. Lyon não se decepcionou nem com a qualidade do seu modelo nem com o modo como ele mesmo se pôs à altura da situação; sentia-se realmente confiante de que realizaria algo de valor. Estava no estado de espírito adequado, mostrava-se fascinado pelo seu tema e profundamente interessado no problema. A única coisa que o perturbava era a ideia de que, ao enviar o quadro para a Academia, não poderia dar-lhe, no catálogo, o título de *O Mentiroso*. Contudo, isso tinha pouca importância, pois agora se mostrava determinado a tornar seu personagem perceptível mesmo à mais fraca inteligência — de forma tão exagerada como o homem de carne e osso parecia aos seus próprios olhos. Como atualmente nada mais enxergava além do coronel, entregava-se ao prazer de não pintar nada a não ser ele. Seria incapaz de dizer como fizera isso, mas lhe parecia que o mistério de como pintá-lo se renovava a cada vez que se sentava para trabalhar. Estava nos olhos e estava na boca, estava em cada uma das linhas de sua face e em cada gesto de sua atitude, no entalhe do queixo, no modo como o cabelo se assentava, no bigode retorcido, no sorriso que ia e vinha, na respiração que se acelerava e acalmava. Estava na maneira como olhava para um mundo cheio de dissimulações — em síntese, no modo como sempre olharia as coisas. Havia meia dúzia de retratos na Europa que Lyon considerava extraordinários; julgava-os imortais, pois estavam perfeitamente preservados exatamente como foram pintados. Era a este reduzido grupo de obras exemplares que aspirava acrescentar a tela com a qual agora se ocupava. Uma das composições que a integravam era um magnífico Moroni, da National Gallery — o jovem alfaiate, com o blusão branco, sentado à mesa com suas tesouras. O coronel não era um alfaiate, nem o modelo de Moroni, ao contrário de tantos alfaiates, um mentiroso; mas, no que diz respeito à magistral clareza com a qual o indivíduo deveria ser retratado, seu trabalho se situaria na mesma linha. Experimentava, num grau raramente sentido antes, a satisfação de perceber a vida crescendo e crescendo sob seu pincel. O coronel, depois ficou claro, gostava de posar e gostava de falar enquanto estava posando: o que vinha bastante a calhar, já que sua conversa consistia na principal matéria para a inspiração de Lyon. Pôs em prática a ideia de expô-lo por meio do desenho que vinha acalentando há tantas semanas: não poderia encontrar-se numa relação mais propícia com ele para esse objetivo. Ele o encorajava, distraía e o estimulava, manifestava uma indomável credulidade, e suas únicas interrupções se davam quando o coronel não reagia a ele. Tinha seus hiatos, suas horas de esterilidade, e então Lyon sentia que o retrato também se arrastava. Quanto mais alto seu companheiro se alçava, quanto mais rodopios executava, no azul, melhor ele pintava; não conseguia sustentar seus voos por tempo suficiente. Chicoteava-o quando afrouxava o passo; tornou-se muito apreensivo nos momentos em que o coronel poderia vir a descobrir seu jogo. Mas nunca fez isso, aparentemente; inchava e aquecia-se à luz da atenção do pintor. Dessa maneira, o quadro progrediu rapidamente. Era espantosa a velocidade da operação quando comparada à da menina. Em 5 de agosto, estava praticamente terminado: esta era a data da última sessão que o coronel podia conceder, já que, no dia seguinte, deixaria a cidade com a esposa. Lyon estava plenamente satisfeito — via claramente o caminho diante de si: seria capaz de terminar o que faltava, com ou sem a presença de seu amigo. De qualquer modo, como não havia pressa, deixaria a coisa descansar por um tempo até ele mesmo retornar a Londres, em novembro, quando voltaria ao quadro com um olhar renovado. Ao ser perguntado pelo coronel se sua mulher poderia vir olhá-lo no dia seguinte, se conseguisse tempo para tanto — ela desejava muito fazer isso —, Lyon pediu como um favor especial que ela esperasse: ainda estava longe de se dar por satisfeito. Essa era a repetição da proposta que a Sra. Capadose fizera por ocasião de sua última visita, e então ele havia pedido um adiamento, declarando que ainda não se dava de todo por satisfeito. Estava, na verdade, encantado e, mais uma vez, um pouco envergonhado de si mesmo.

Em 5 de agosto, o tempo estava quente, e naquele dia, enquanto o coronel sentava-se empertigado e conversava, com a intenção de ventilar um pouco o ambiente, Lyon abriu uma pequena porta secundária que levava diretamente do seu estúdio ao jardim e que, às vezes, servia como entrada e saída de modelos e visitantes mais humildes, e como uma passagem para telas, molduras, caixotes e outros equipamentos profissionais. A entrada principal se dava através da casa e de seus próprios aposentos, e essa aproximação produzia o efeito encantador de admitir a pessoa primeiramente numa galeria na parte alta, de onde uma escada pitorescamente retorcida levava o visitante a descer para um espaço amplo, decorado e repleto de objetos. A visão desse aposento abaixo dele, com todos os seus utensílios engenhosos e objetos de valor que Lyon colecionava, nunca deixava de arrancar exclamações de admiração das pessoas que pisavam na galeria. O caminho que vinha do jardim era mais despojado e, ao mesmo tempo, mais prático e mais reservado. Os domínios de Lyon em St. John's Wood não eram vastos, mas, quando a porta permanecia aberta num dia de verão, deixava entrever flores e árvores, e era possível sentir um perfume agradável e ouvir os pássaros. Nessa manhã em particular, a porta do lado havia sido encontrada convenientemente aberta por um visitante não anunciado, uma jovem que permaneceu no aposento até que o coronel a percebesse e antes que fosse percebida por seu amigo. Estava muito silenciosa e ficou olhando de um homem para o outro.

— Ah, meu Deus, mais uma! — exclamou Lyon, assim que seus olhos se detiveram nela.

Ela pertencia, na realidade, a uma categoria um tanto inoportuna — aquela das modelos em busca de ocupação, e explicou que se aventurava a entrar diretamente, daquele jeito, porque muitas vezes, ao procurar algum cavalheiro, os criados inventavam evasivas, mandavam-na embora e se recusavam a anotar seu nome.

— Mas como entrou no jardim? — perguntou Lyon.

— O portão estava aberto, senhor, o portão dos criados. A carroça do açougueiro estava ali.

— O cocheiro deveria tê-lo fechado — disse Lyon.

— Então não precisa de mim, senhor? — insistiu a dama.

Lyon continuou a trabalhar em sua pintura. A princípio, tinha lhe dirigido um olhar atento, mas agora seu olhar sobre ela perdera o brilho. O coronel, no entanto, examinou-a com interesse. Era uma pessoa da qual mal se poderia dizer se, sendo jovem, parecia velha, ou, se velha, parecia jovem; era evidente que havia dobrado muitas esquinas da vida e tinha um rosto um tanto róseo, mas que, de alguma forma, não transmitia a ideia de viço. Contudo, era bonita e até dava a impressão de algum dia ter posado pela sua aparência. Usava um chapéu de muitas penas, um vestido com muitas armações, longas luvas pretas envolvidas em pulseiras prateadas, e sapatos muito ruins. Algo havia nela que sugeria não exatamente uma governanta deslocada de sua função ou exatamente uma atriz em busca de trabalho, mas que insinuava uma carreira interrompida ou mesmo uma carreira fracassada. Parecia um tanto aviltada e maculada, e depois de ficar no aposento por alguns momentos, o ar, ou pelo menos as narinas, acabaram por captar certo hálito de álcool. Estava pouco familiarizada com a gramática e, quando Lyon finalmente agradeceu-lhe e disse que não a queria — não estava ocupado com nada em que ela pudesse ser útil —, ela retrucou num tom ressentido:

— Bem, sabe muito bem que já *usou eu* antes!

— Não me lembro de você — respondeu Lyon.

— Bem, posso apostar que as pessoas que viram seus quadros se lembram! Não tenho muito tempo, mas achei que poderia dar uma passada.

— Eu lhe agradeço.

— Se algum dia precisar de mim, se puder me mandar um cartão-postal...

— Nunca mando postais — disse Lyon.

— Uma carta pessoal serviria muito bem! Alguma coisa para a Srta. Geraldine Mortimer, Terrace Mews, Notting Hill...

— Muito bem. Vou procurar me lembrar — disse Lyon.

A Srta. Geraldine se demorava no ateliê.

— Pensei em passar por aqui, só por acaso.

— Temo não poder lhe dar muitas esperanças, estou muito ocupado com retratos — continuou Lyon.

— Sim, posso ver isso. Gostaria de estar no lugar deste cavalheiro.

— Temo que nesse caso o quadro não pareceria comigo — retrucou o coronel, rindo.

— Ah, é claro que não estou me comparando; não ficaria tão bonito! Mas odeio mesmo esses retratos! — anunciou Geraldine.
— É como tirar o pão de nossa boca.

— Bem, existem muitos que não são capazes de pintá-los — sugeriu Lyon, procurando consolá-la.

— Ah, mas eu posei para o primeiro, e só para o primeiro de todos eles! Existem muitos por aí que não teriam feito nada sem mim.

— Fico feliz que seja tão requisitada. — Lyon começava a ficar entediado e acrescentou que não a reteria ali; mandaria chamá-la em caso de necessidade.

— Muito bem, então; lembre-se de que moro em Mews. Coitado! O senhor não posa tão bem como nós! — continuou a Srta. Geraldine, olhando para o coronel. — Se me permitir, Sir...

— Você o está atrapalhando. Está deixando-o constrangido — observou Lyon.

— Constrangendo-o, oh, Deus! — exclamou a visitante, dando uma gargalhada que se espalhou com uma fragrância. — Talvez você mande postais, não? — Ela se dirigiu ao coronel; e então se retirou num passo hesitante. Passou para o jardim, do modo como tinha entrado.

— Que horror! Ela está bêbada! — disse Lyon.

Estava concentrado no ato de pintar, mas ergueu os olhos para checar: a Srta. Geraldine havia enfiado novamente a cabeça através da porta aberta.

— Sim, odeio mesmo isso, esse tipo de coisa! — gritou ela numa explosão de alegria que confirmava a declaração de Lyon. E então desapareceu.

— Que espécie de coisa? O que ela quis dizer? — perguntou o coronel.

— Ora, o fato de estar pintando você, e não a ela.

— E você já a pintou alguma vez?

— Nunca na vida; jamais a vi. Está completamente enganada.

O coronel ficou em silêncio por um momento e então observou:

— Ela devia ser muito bonita, há uns dez anos.

— Provavelmente, mas está bastante acabada. Para mim, basta uma única gota a mais para estragá-las, não devia nem me importar com ela.

— Meu caro, ela não é uma modelo — disse o coronel, rindo.

— Hoje, sem dúvida que não, não está à altura dessa palavra, mas já foi uma.

— *Jamais de la vie*! Tudo isso não passa de um pretexto.

— Um pretexto? — Lyon pôs seus ouvidos em alerta e começou a imaginar o que viria em seguida.

— Ela não queria você; ela queria a mim.

— Percebi que ela lhe deu certa atenção. O que quer de você?

— Ora, queria aprontar alguma comigo. Ela me odeia, um monte de mulheres me odeia. Ela fica me vigiando e me segue.

Lyon recostou-se para trás em sua cadeira; não acreditava numa única palavra. Ficou ainda mais encantado com aquilo e com a maneira franca e animada do coronel. A história havia brotado, saborosa, ali mesmo.

— Meu caro coronel — murmurou, demonstrando interesse amistoso e certa compaixão.

— Fiquei contrariado quando ela entrou, mas não surpreso — continuou seu modelo.

— Se ficou, disfarçou muito bem.

— Ah, quando alguém passou pelas coisas que enfrentei! Hoje, contudo, confesso que não estava totalmente preparado. Eu a tenho visto vagando por aí. Está a par dos meus movimentos. Estava perto da minha casa esta manhã. Deve ter me seguido.

— Mas, afinal, quem é ela, com todo esse atrevimento?

— Sim, ela é atrevida — disse o coronel —, mas, como pôde observar, estava preparada. Ainda assim, foi muita impertinência dela ir entrando daquela maneira. Oh, ela não é uma modelo, nem nunca foi; é claro que conheceu algumas dessas mulheres e tomou emprestados seus trejeitos. Seduziu um amigo meu já há uns dez anos, um jovem estúpido e simplório que poderia ter sido abandonado e depenado e por quem fui obrigado a demonstrar interesse por motivos de família. É uma longa história, e já havia esquecido tudo a respeito. Ela deve ter uns 37 anos. Eu acabei com aquilo e fiz com que ele se livrasse dela, mandei que fosse cuidar da própria vida. Ela sabia que fui o responsável. Nunca me perdoou e acho que está furiosa. Seu nome não é Geraldine e duvido muito que aquele seja seu endereço.

— E qual seria o nome dela? — indagou Lyon, prestando muita atenção. Os detalhes sempre começavam a se multiplicar, uma vez que seu interlocutor se punha em movimento; surgiam como batalhões.

— É Pearson. Harriet Pearson. Mas costumava chamar a si mesma Grenadine. — Não era o nome de uma marca de bebida? Grenadine, Geraldine — bastou um pulo.

Lyon ficou encantado com a rapidez da resposta, e seu companheiro prosseguiu:

— Há anos não pensava nela. Tinha-a perdido mesmo de vista. Não sei o que ela pretende, mas é praticamente inofensiva. Ao chegar, eu a vi um pouco mais acima na estrada. Ela deve ter descoberto que eu vinha aqui e acabou chegando antes de mim. Ouso dizer, ou melhor, estou certo, que agora mesmo está esperando por mim lá fora.

— Não seria mais prudente obter algum tipo de proteção? — indagou Lyon, rindo.

— A melhor proteção são cinco shillings; só aceito chegar até aí. A não ser, é claro, que carregue consigo uma garrafa de ácido. Mas elas só jogam ácido em homens que as enganaram, e eu nunca a enganei. Eu lhe disse que não daria certo já na primeira vez que a vi. Bem, se estiver lá, caminharemos um pouco juntos e conversaremos e, como disse, não vou passar dos cinco shillings.

— Bem — disse Lyon —, vou contribuir com mais cinco. — Sentiu que isso era, em parte, para pagar pela própria diversão.

Essa diversão, contudo, foi interrompida até segunda ordem pela partida do coronel. Lyon ansiava por uma carta relatando o desdobramento fictício, mas, aparentemente, seu brilhante modelo não trabalhava com a pena. De qualquer modo, abandonou a cidade sem escrever; haviam combinado de se reencontrar três meses mais tarde. Oliver Lyon sempre passava as férias da mesma maneira: durante as primeiras semanas, visitava seu irmão mais velho, o feliz proprietário, no sul da Inglaterra, de uma casa antiga e espaçosa, provida de jardins, nos quais ele se deleitava, e então partia para o exterior — em geral, para a Itália ou a Espanha. Naquele ano, entregou-se a esse costume depois de dar uma última olhada na obra quase terminada e sentindo-se satisfeito como nunca antes ocorrera com a tradução da ideia pela sua mão. O resultado sempre lhe parecera, até então, um lamentável compromisso. Certa tarde, no campo, ao fumar seu cachimbo num dos antigos terraços, foi tomado pelo desejo de vê-lo novamente e fazer nele mais umas duas ou três coisas: havia pensado muitas vezes naquilo enquanto estivera ali. O impulso era forte demais para ser posto de lado e, ainda que esperasse estar de volta à cidade dentro de mais uma semana, não conseguia suportar a espera. Olhar para a tela durante cinco minutos teria sido o bastante — isso iria clarear certas questões que rondavam seu cérebro. Desse modo, na manhã seguinte, para dar a si mesmo esse luxo, tomou o trem para Londres. Não enviou antes nenhuma mensagem de aviso; ele almoçaria em seu clube e provavelmente voltaria para Sussex por volta das 17h45.

Em St. John's Wood, a maré da vida humana nunca flui muito rapidamente e, nos primeiros dias de setembro, Lyon encontrou um absoluto vazio nas estradas retas e ensolaradas onde os pequenos muros de estuque dos jardins, com suas portas que não se comunicavam, pareciam sutilmente orientais. Sua própria casa estava decididamente envolta no silêncio, e nela entrou fazendo uso de sua chave mestra, adotando a teoria de que era melhor surpreender os criados sem aviso prévio. A boa mulher que era a principal responsável e que acumulava as funções de cozinheira e governanta foi, no entanto, logo atraída por seus passos, e (ele cultivava a franqueza na relação com seus empregados) recebeu-o com uma expressão de perplexidade provocada pela surpresa. Disse-lhe que não se preocupasse em colocar o lugar completamente em ordem, pois ficaria ali apenas por algumas horas — permaneceria ocupado em seu estúdio. A isso, ela retrucou que tinha chegado bem a tempo de ver uma dama e um cavalheiro que estavam ali naquele momento — haviam chegado cinco minutos antes. Avisara-os de que ele se encontrava viajando, mas disseram que estava tudo bem; tudo o que queriam era olhar uma pintura e tomariam muito cuidado com tudo.

— Espero não haver nenhum problema, senhor — concluiu a governanta. — O cavalheiro diz que ele é modelo e me deu seu nome, um nome bem esquisito; acho que tem algo de militar. A dama é muito bonita, senhor. De qualquer modo, eles estão aqui.

— Ah, está tudo bem — disse Lyon, após ter esclarecido a identidade dos visitantes.

A boa mulher não poderia saber, já que habitualmente tinha pouco contato com quem entrava ou saía; seu marido, que conduzia as pessoas que chegavam e partiam, o acompanhara na viagem ao campo. Havia ficado bastante surpreso com o fato de a Sra. Capadose ter ido ver o retrato do marido quando sabia que o próprio artista preferia que ela se abstivesse disso; mas estava familiarizado com o fato de que era uma mulher de personalidade forte. Além disso, talvez a dama não fosse a Sra. Capadose; talvez o coronel tivesse trazido alguma amiga curiosa, alguém que quisesse uma pintura para o próprio marido. De qualquer modo, o que estavam fazendo na cidade naquele momento? Lyon tomou o caminho do estúdio com certa curiosidade; especulou vagamente o que seus

160

amigos pretenderiam. Empurrou para o lado a cortina que pendia na porta de comunicação — a porta que abria para a galeria, construída de modo conveniente, numa época em que o estúdio havia sido acrescentado à casa. Quando digo que empurrou para o lado, deveria corrigir minha frase; pôs a mão sobre ela, mas, nesse exato instante, foi detido por um som bastante singular. Vinha do chão da sala sob os seus pés e o espantou bastante, consistindo aparentemente num lamento apaixonado — uma espécie de grito abafado — acompanhado de um violento espasmo de lágrimas. Oliver Lyon ouviu atentamente por um momento, e então passou à sacada, que era coberta por um velho e grosso tapete mourisco. Seus passos não produziam ruído, apesar de não se ter esforçado para tanto, e, depois desse primeiro instante, viu-se na situação de não resistir à tentação de tirar proveito do acaso de não haver atraído a atenção das duas pessoas no estúdio, que estavam a cerca de seis metros abaixo dele. Na realidade, encontravam-se tão profunda e estranhamente ocupadas uma com a outra que sua desatenção era compreensível. A cena que se desenrolou diante dos olhos de Lyon foi das mais extraordinárias já contempladas por ele. Certo pudor e o fracasso em compreendê-la a princípio o impediram de interrompê-la, pois o que via agora era uma mulher que se atirara ao peito do companheiro enquanto se entregava a um choro convulsivo — e essas influências foram seguidas, um minuto depois (os minutos eram muito poucos e muito curtos), por um motivo muito claro que agora o obrigava a recuar um passo para trás da cortina. Posso acrescentar que também o levou a se aproveitar para observar mais detidamente através de uma fenda que abriu ao separar as duas metades da cortina. Tinha perfeita consciência do que estava prestes a fazer: assumir o papel de alcoviteiro, de espião, mas também sabia que algo muito estranho, a que por acaso tivera acesso, estava prestes a acontecer, e de que, se em alguma medida não lhe dizia respeito, por outro lado aquilo decididamente tinha a ver com ele. Sua observação e suas reflexões se resolveram num segundo.

Seus visitantes estavam no meio do aposento: a Sra. Capadose se agarrava ao marido, chorando, soluçando, como se seu coração fosse se partir. O sofrimento dela era algo terrível aos seus olhos, mas seu espanto foi maior do que seu horror ao ouvir o coronel reagir à cena com as seguintes palavras, murmuradas com veemência: "Maldito, maldito, maldito!" O que diabos havia acontecido? Por que ela soluçava e a quem ele amaldiçoava? O que havia acontecido — ele se deu conta no instante seguinte — foi que o coronel finalmente encontrara seu retrato inacabado (sabia o local onde o artista costumava colocá-lo, num canto, com a tela voltada para a parede) e o colocara diante da esposa, depois de apoiá-lo num cavalete vazio. Ela o olhara por alguns minutos e então — aparentemente — o que enxergara nela havia produzido um acesso de consternação e de ressentimento. Estava ocupada demais em soluçar e ele ocupado demais em consolá-la e em reiterar sua condenação, para olharem à volta ou para cima. A cena era de tal modo inesperada para Lyon que não pôde tomá-la, ali na hora, como uma prova do triunfo de sua mão, de um enorme sucesso: podia apenas especular do que afinal aquilo se tratava. A ideia do triunfo veio um pouco depois. Mas ele podia ver o retrato de onde se encontrava; estava impressionado com a ideia que transmitia de algo vivo — não imaginara que fosse tão magistral. A Sra. Capadose libertou-se repentinamente do marido — jogou-se na cadeira mais próxima, enterrou a cabeça nos próprios braços, debruçada sobre uma mesa. Seu choro subitamente deixou de ser escutado e ela estremecia, como se dominada pela angústia e pela vergonha. O marido permaneceu olhando para o quadro durante um minuto. Então foi até ela, inclinou-se na sua direção, abraçou-a e a acalmou.

— O que é, querida? Que diabo é isso?

Lyon escutou a resposta.

— É cruel. Ah, é cruel demais!

— Maldito, maldito, maldito! — repetiu o coronel.

— Está tudo ali, está tudo ali! — continuou a Sra. Capadose.

— Droga, como assim... está tudo ali?

— Tudo o que não deveria estar, tudo o que ele viu, é horrível!

— Tudo o que ele viu? Como assim, não sou um sujeito bem-apessoado? Ele me fez até bastante bonito.

A Sra. Capadose se colocara de pé novamente. Tinha lançado outro olhar para aquela traição que assumira a forma de uma pintura.

— Bonito? Horrendo, horrendo! Não, isso não, nunca, nunca!

— Em nome de Deus, isso não, o quê? — quase gritou o coronel. Lyon podia ver seu rosto ruborizado, perplexo.

— O que ele fez de você. Como pode saber? Ele sabe, ele viu. Todos vão saber, todos vão ver. Imagine esta coisa na Academia!

— Está se descontrolando, querida, mas, se odeia esta coisa, o quadro não precisa ir.

— Ah, ele vai mandá-lo. É tão bom! Vamos, vamos! — lamentou-se a Sra. Capadose, puxando o marido.

— É tão bom? — exclamou o pobre homem.

— Vamos, vamos — ela apenas repetia, e virou-se na direção da escada que subia para a galeria.

— Por aqui, não. Não passando pela casa, nesse estado em que você se encontra — Lyon ouviu o coronel objetar. — Por aqui podemos passar — acrescentou.

E conduziu sua mulher por uma pequena porta que dava para o jardim. Estava trancada, mas ele puxou a tranca e abriu a porta. Ela saiu rapidamente, mas ele se deixou ficar parado ali, olhando para trás, na direção do aposento.

— Espere um momento! — exclamou na direção dela e, com uma passada enérgica, entrou novamente no estúdio.

Aproximou-se do quadro novamente e, mais uma vez, ficou a observá-lo.

— Maldito, maldito, maldito! — disparou novamente.

Não estava claro para Lyon se a maldição tinha como alvo o original ou o pintor do retrato. O coronel virou-se e se deslocou rapidamente pelo aposento, como se procurasse por algo; até aquele momento, Lyon não conseguira adivinhar sua intenção. Então, o artista disse para si mesmo, murmurando: "Ele vai destruir o quadro!" Seu primeiro impulso foi descer até lá e impedi-lo; mas se deteve com o som dos soluços de Everina Brant ainda ressoando em seus ouvidos. O coronel encontrou o que procurava — achou-o em meio a alguns objetos largados sobre uma pequena mesa — e correu de volta para o cavalete. Naquele exato instante, Lyon se deu conta de que o objeto que havia agarrado era um pequeno punhal oriental e que o tinha cravado na tela. Parecia tomado por uma fúria repentina, pois, com um gesto extremamente vigoroso, arrastara o instrumento para baixo (Lyon sabia que sua lâmina não era afiada), abrindo um longo e abominável rasgo. Então arrancou-o fora e apunhalou de novo várias vezes o rosto do retrato, exatamente como se esfaqueasse uma vítima humana: o efeito era o mais estranho possível — uma espécie de suicídio figurativo. Poucos segundos depois, o coronel havia atirado longe o punhal — olhou-o como se esperasse que estivesse sujo de sangue — e apressou-se a deixar o local, fechando a porta ao sair.

O mais estranho de tudo — como, sem dúvida, ficará claro — foi o fato de Oliver Lyon não ter feito um movimento sequer para salvar o quadro. Mas não se sentia como se o estivesse perdendo ou como se não se importasse com isso; era mais como se adquirisse uma certeza. Sua antiga amiga estava envergonhada do marido, e ele fizera com que se sentisse assim, e havia obtido um grande sucesso, ainda que o quadro estivesse reduzido a trapos. A revelação o tinha arrebatado de tal forma — como, na realidade, toda aquela cena — que, ao descer as escadas depois que o coronel saíra, estava tremendo, tomado pela agitação e pelo sentimento de felicidade. Sentia-se zonzo e precisou sentar por um momento. O retrato apresentava uma dúzia de ferimentos — o coronel literalmente o deixara em pedaços. Lyon deixou-o onde se encontrava. Em nenhum momento tocou nele e mal lançou-lhe um olhar; apenas andou para lá e para cá pelo estúdio durante uma hora, ainda exaltado. Ao fim desse período, sua governanta apareceu, aconselhando-o a fazer uma refeição; havia uma passagem sob a escada ligando o aposento aos escritórios.

— Ah, o cavalheiro e a senhora já saíram, senhor? Eu não ouvi.

— Sim, eles saíram pelo jardim.

Mas ela se detivera, olhando com espanto o quadro no cavalete.

— Meu Deus! O que fez com ele, senhor?

Lyon imitou o coronel.

— Sim, eu o cortei, tomado pela repulsa.

— Misericórdia! Depois de todo o trabalho que teve! Foi porque eles não ficaram satisfeitos, senhor?

— Sim. Eles não ficaram satisfeitos.

— Bem, devem ser gente muito importante! Imagina se eu faria algo assim!

— Mande arrebentar tudo. Vai servir para alimentar a lareira — disse Lyon.

Voltou para o campo no trem das 15h30 e, poucos dias depois, viajou para a França. Durante os dois meses em que se ausentou da Inglaterra, esperou por algo — dificilmente poderia saber pelo quê; por algum tipo de manifestação da parte do coronel. Será que não escreveria, não explicaria, não adivinharia que Lyon havia descoberto a maneira como se vingara e não julgaria pelo menos decente lamentar, de alguma forma, seu ato desconcertante? Iria admitir sua culpa ou repudiar aquela suspeita? A segunda possibilidade se revelaria problemática e exigiria bastante de sua engenhosidade, em vista do testemunho irrefutável da governanta de Lyon, que recebera os visitantes e estabeleceria o vínculo entre a presença deles e a violência cometida. Emitiria o coronel algum tipo de desculpa ou ofereceria alguma compensação, ou qualquer nova palavra de sua parte se limitaria a mais uma manifestação da petulância destrutiva que nosso amigo tinha visto a esposa transmitir-lhe de forma tão enérgica e repentina? Teria de declarar que não havia encostado no quadro ou de admitir que o fizera, e em qualquer dos casos precisaria contar uma excelente história. Lyon esperava com impaciência pela história e, como não chegara nenhuma carta, mostrou-se desapontado por ela não ter sido produzida. Contudo, sua impaciência era bem maior em relação à versão da Sra. Capadose, se é que haveria uma versão; pois certamente esse seria o verdadeiro teste, mostrando até que ponto iria pelo marido por um lado, ou até onde iria por ele, Oliver Lyon, por outro. Mal podia esperar para ver que linha iria seguir: se adotaria simplesmente a do coronel, fosse ela qual fosse. Queria descobrir a posição dela sem precisar esperar, ter antecipadamente uma ideia a respeito. Com esse objetivo, escreveu-lhe de Veneza, no tom ditado pela amizade estabelecida entre ambos, pedindo notícias, contando suas andanças, dizendo esperar que logo se reencontrassem na cidade e sem dizer uma palavra a propósito do retrato. Depois disso, os dias se passaram, e não recebeu resposta alguma, tendo refletido então que ela não estava em condições de escrever — encontrava-se ainda sob o efeito da emoção produzida por sua "traição". Seu marido havia assumido essa emoção, e ela, a ação decorrente por ele praticada. Tratava-se de um rompimento completo e tudo estava terminado. Lyon considerou essa possibilidade um tanto amargurado, ao mesmo tempo em que considerava deplorável que pessoas tão encantadoras pudessem equivocar-se de modo tão absoluto. Finalmente, sentiu-se reanimado, porém não esclarecido, pela chegada de uma carta, breve, porém marcada pelo bom humor, e que não deixava entrever nenhum ressentimento, nem peso algum na consciência. Para Lyon, a parte mais interessante consistia nas seguintes palavras: "Tenho uma confissão a lhe fazer. Estivemos na cidade por alguns dias, em 1º de setembro, e aproveitei a oportunidade para desafiar sua autoridade — foi muito errado da minha parte, mas não consegui evitar. Fiz com que Clement me levasse ao seu estúdio — tinha muita vontade de ver o que você fizera com ele, apesar de seus desejos em contrário. Pedimos aos seus criados que nos deixassem entrar e dei uma boa olhada no quadro. É realmente maravilhoso!" "Maravilhoso" era uma expressão evasiva, mas pelo menos não se tratava de um rompimento.

O terceiro dia depois da volta de Lyon a Londres foi um domingo, de modo que ele pôde convidar a Sra. Capadose para almoçar. Na primavera, ela o convidara sem se restringir a uma data específica e ele fizera proveito disso várias vezes. Essas foram as ocasiões (antes que ele viesse a posar para o retrato) em que vira o coronel em condições de maior familiaridade. Logo após a refeição, seu anfitrião desaparecia, e a segunda meia hora era a melhor, quando havia outras pessoas. Agora, nos primeiros dias de dezembro, Lyon teve a sorte de encontrar o casal a sós, inclusive sem Amy, que raramente aparecia em público. Estavam na sala, esperando que o almoço fosse anunciado, e, assim que ele chegou, o coronel disse:

— Meu caro, estou encantado em vê-lo! Mal posso esperar a hora de recomeçar.

— Oh, por favor, continue sim, está tão bonito — disse a Sra. Capadose ao lhe estender a mão.

Lyon olhou ora para um, ora para outro, não sabia o que tinha esperado, mas não era por isso.

— Ah, então acham que captei algo?

— Você captou tudo — disse a Sra. Capadose, sorrindo com seus olhos castanhos.

— Ela escreveu a você contando a respeito do pequeno crime que cometemos? — perguntou seu marido. — Ela me arrastou até lá, e eu tive de ir.

Lyon ficou a imaginar por um momento se por um pequeno crime ele se referia ao ataque à tela, mas as palavras seguintes do coronel não confirmaram esta interpretação.

— Sabe que gosto de posar; é uma ótima oportunidade para tagarelar. E agora disponho de tempo.

— Deve se lembrar de que já o tinha quase terminado.

— Que seja! É mais uma razão. Gostaria de começar de novo.

— Meu caro, eu também vou precisar começar de novo! — disse Oliver Lyon, com uma risada, olhando para a Sra. Capadose. Os olhos dela não cruzaram com os seus.

— O quadro foi destruído — continuou Lyon.

— Destruído? Ah, para que fez isso? — perguntou agora a Sra. Capadose, de pé diante dele, em toda a sua beleza cristalina, exuberante. Agora que ela o olhava, mostrava-se inescrutável.

— Não fiz nada. Eu o encontrei assim, com vários rasgos abertos nele!

— Meu Deus! — exclamou o coronel.

Lyon voltou seus olhos para ele, sorrindo.

— Espero que não tenha sido você... ou foi?

— Está destruído? — perguntou o coronel. Mostrava-se tão sincero quanto sua esposa e dava a impressão de simplesmente ser incapaz de levar a sério a pergunta de Lyon. — Por gostar tanto de posar para você? Meu caro, se tivesse pensado nisso, acho que o teria feito!

— Nem você? — o pintor perguntou à Sra. Capadose.

Antes que tivesse tempo de responder, seu marido a tinha pego pelo braço, como se uma ideia altamente sugestiva lhe tivesse ocorrido.

— Ora, querida, aquela mulher, aquela mulher!

— Aquela mulher? — repetiu a Sra. Capadose, e também Lyon ficou imaginando de que mulher se tratava.

— Não se lembra de que, ao sairmos, ela estava junto da porta, ou um pouco distante dela? Eu falei a você dela; contei a respeito dela. Geraldine e Granadine, aquela que chegou de repente naquele dia — explicou a Lyon. — Nós a vimos andando por aí. Eu chamei a atenção de Everina para ela.

— Está dizendo que ela atacou meu quadro?

— Ah, sim, lembro — confirmou a Sra. Capadose com um suspiro.

— Ela entrou de novo na casa, tinha aprendido o caminho, estava esperando pela oportunidade — continuou o coronel. — Ah, a miserável!

Lyon baixou os olhos; percebeu que estava ficando ruborizado. Era por isso que estivera esperando — o dia em que o coronel acabaria por sacrificar gratuitamente uma pessoa inocente. E seria sua mulher conivente com essa atrocidade final? Nas semanas anteriores, Lyon tinha lembrado a si mesmo repetidamente que, quando o coronel cometera aquele ato infame, sua esposa já havia deixado o aposento. Mas contra-argumentara — tinha disso certeza absoluta — que, ao se unir a ela, havia imediatamente lhe contado o que fizera. Estava tomado ainda pela exaltação do ato; e, mesmo que não o tivesse mencionado, ela o teria adivinhado. Nem por um instante sequer, acreditou que a pobre Srta. Geraldine estivera rondando sua porta, nem se deixara enganar pelo relato do coronel a respeito de suas relações com aquela dama no verão anterior. Lyon jamais a vira antes do dia em que se havia plantado em seu estúdio;

mas ele a conhecia e a considerava como se já a tivesse pintado. Estava familiarizado com as modelos londrinas em todas as suas variedades — em todas as etapas de seu desenvolvimento e a cada passo rumo à decadência. Quando ele entrou em sua casa naquela manhã de setembro, logo após a chegada de seus dois amigos, não tinha percebido nenhum indício que fosse, de um lado ou de outro da estrada, do reaparecimento da Srta. Geraldine. Esse fato ficara marcado em sua mente ao se lembrar das circunstâncias que encontrara quando a cozinheira lhe disse que uma senhora e um cavalheiro estavam no estúdio: lembrava-se de ter reparado que não havia nem uma charrete, nem uma carruagem de aluguel parada diante de sua porta. Então, refletira que deviam ter vindo de trem; sua casa ficava perto da estação Marlborough Road e sabia que o coronel, visitando sua propriedade, mais de uma vez havia tirado proveito daquela comodidade.

— Como diabos ela entrou? — indagou, dirigindo a pergunta a ambos, indiferentemente.

— Vamos descer para almoçar — disse a Sra. Capadose, saindo do aposento.

— Fomos pelo jardim, sem incomodar sua criada; eu queria mostrar à minha mulher.

Lyon seguiu sua anfitriã com o marido e o coronel o deteve no alto da escadaria.

— Meu caro, não poderia ser eu o culpado pela tolice de não ter passado a tranca na porta?

— Tenho certeza de que não sei, coronel — disse Lyon enquanto desciam. — Foi obra de uma mão bastante determinada, alguém totalmente desvairado.

— Bem, ela é uma desvairada. Diabos a levem! Era por isso que queria afastá-lo dela.

— Mas não compreendo qual o seu motivo.

— Está fora de si, e me odeia. Esse era o motivo dela.

— Mas ela não me odeia, meu caro! — retrucou Lyon, rindo.

— Ela odiou o quadro. Não lembra que ela disse isso? Quanto mais retratos desses existirem, menos trabalho haverá para mulheres como ela.

— Sim, mas, se ela não for realmente a modelo que finge ser, como isso pode prejudicá-la? — perguntou Lyon.

A pergunta por um momento deixou perplexo o coronel, mas só por um momento.

— Ah! Ela já não sabia o que fazia! Como disse, ela perdeu a cabeça!

Dirigiram-se à sala de jantar, onde a Sra. Capadose estava ocupando seu lugar.

— Que coisa horrível, absolutamente terrível! — exclamou ela. — Vejo que os deuses estão contra você. A providência não permitirá que seja tão desinteressado; que pinte obras-primas a troco de nada.

— Você viu a mulher? — perguntou Lyon, com uma severidade que não conseguiu amenizar.

A Sra. Capadose pareceu não perceber ou, se o fez, não levou em consideração.

— Havia uma pessoa, não longe da porta, quando Clement chamou minha atenção para ela. Disse algo a respeito dela, mas estávamos caminhando na direção oposta.

— E acha que ela fez aquilo?

— Como posso saber? Se fez, a pobre coitada estava louca.

— Gostaria muito de pôr as mãos nela — disse Lyon.

Essa era uma declaração falsa, pois não tinha o menor interesse em ter qualquer nova conversa com a Srta. Geraldine. Ele havia desmascarado seus amigos para si mesmo, mas não tinha nenhuma vontade de expô-los a mais ninguém, muito menos para eles mesmos.

— Ora, pode estar certo de que ela nunca mais vai dar as caras. Você está em segurança! — exclamou o coronel.

— Mas eu me lembro do endereço dela: Mortimer Terrace Mews, Notting Hill.

— Ah, isso é conversa fiada; não existe esse lugar.

— Deus meu, que impostora! — exclamou Lyon.

— Suspeita de mais alguém? — continuou o coronel.

— Absolutamente ninguém.

— E o que os seus criados dizem?

— Dizem que não foram eles, e eu respondo que nunca disse que tinha sido. Nossas conversas sobre o assunto se resumem a isso.

— E quando descobriram o estrago?

— Nunca descobriram. Eu que percebi primeiro, quando voltei.

— Bem, ela poderia muito bem ter entrado — disse o coronel. — Não lembra como apareceu de repente, assim, do nada?

— Sim, sim, poderia ter feito o serviço em três segundos, a não ser pelo fato de que ele não estava à mostra.

— Meu caro amigo, não me amaldiçoe! Mas é claro que o tirei de onde estava.

— Não o colocou de volta? — perguntou Lyon, tragicamente.

— Ah, Clement, Clement, não falei para você guardá-lo? — exclamou a Sra. Capadose, como se o repreendesse delicadamente.

O coronel murmurou uma desculpa. De modo dramático, cobriu o rosto com as mãos. Para Lyon, as palavras da esposa foram o toque final; aquilo fez com que toda sua visão desmoronasse — sua teoria de que, secretamente, ela seguia sendo sincera. Mesmo para seu velho amante, ela não o seria! Sentia-se nauseado; não conseguia comer; sabia que estava parecendo muito estranho. Murmurou algo sobre ser inútil chorar sobre leite derramado — tentou desviar a conversa para outros assuntos. Mas aquilo exigia dele um grande esforço e imaginou se o mesmo se dava com eles. Ficou imaginando toda espécie de coisas: se pressentiam que não acreditava neles (que ele os vira, isso, é claro, nunca poderiam imaginar); se haviam combinado suas histórias antecipadamente ou se tinha sido apenas uma inspiração de momento; se ela havia resistido, protestado, quando o coronel lhe propôs aquilo, e então aquilo lhe fora imposto; se, numa palavra, ela não abominava a si mesma enquanto estava ali. A crueldade, a covardia de associar o lamentável ato dos dois àquela pobre mulher, pareceu-lhe monstruosa — na realidade, não menos monstruosa que a leviandade que podia fazer com que corressem o risco de fazer com que ela, em sua justa indignação, viesse a desmascarar a mentira deles. É claro que esse risco poderia apenas inocentá-la, e não incriminá-los — as probabilidades tendiam a protegê-los de modo bastante conveniente; e aquilo com que o coronel contava (aquilo com que teria contado no dia em que se pronunciou, ao vê-la pela primeira vez, no estúdio, se tivesse então chegado a pensar a respeito da questão, e não falado, movido apenas por seu instinto) era simplesmente que a Srta. Geraldine havia desaparecido em seu paradeiro desconhecido. Lyon desejava de tal modo deixar de lado aquele assunto que, quando, pouco depois, a Sra. Capadose lhe perguntou: "Mas nada pode ser feito? O quadro não pode ser reparado?" Ele retrucou apenas:

— Não sei, não me importo, já acabou, *n'en parlons plus*!

A hipocrisia dela o deixou revoltado. E, ainda assim, a pretexto de puxar o derradeiro véu a cobrir sua vergonha, voltou-se novamente para ela pouco depois:

— E você gostou mesmo dele, de verdade?

Ao que ela retrucou, olhando-o bem de frente, sem o menor rubor sequer, sem empalidecer, sem evasivas:

— Ora, eu o adorei!

Realmente o marido a treinara bem. Depois disso, Lyon não disse mais nada e seus acompanhantes temporariamente abstiveram-se de insistir no assunto, como pessoas que demonstravam tato e sensibilidade, conscientes de que o acidente odioso o magoara.

Ao deixarem a mesa, o coronel se afastou, sem subir ao andar de cima; mas Lyon voltou à sala de estar com sua anfitriã, observando-lhe no caminho, no entanto, que só poderia ficar por mais um momento. Passou aquele momento — aquele intervalo se estendeu um pouco por si mesmo — com ela diante da lareira. Ela nem se sentou, nem o convidou a se sentar, sua atitude anunciava que ela pretendia sair do aposento. Sim, o marido a treinara bem; mas, mesmo assim, Lyon sonhava com um momento, agora que estavam a sós, no qual ela talvez desmoronasse, se retratasse, se desculpasse, fizesse uma confidência, dissesse a ele: "Meu amigo querido, me perdoe por essa farsa odiosa — você entende!" E então, como a teria amado e sentido compaixão por ela, e a teria protegido, e sempre a ajudado! Se não estava pronta a fazer algo desse tipo, por que o teria tratado como se fosse um velho e querido amigo? Por que teria deixado que durante meses alimentasse certas suposições — ou quase; por que teria ido dia após dia ao seu ateliê, tomando como pretexto o retrato de sua filha, como se gostasse de imaginar como as coisas poderiam ter sido? Por que ela teria chegado tão perto de fazer uma confissão tácita, numa palavra, se não estava disposta a avançar um centímetro sequer a mais? E não estava disposta — não estava; podia ver isso enquanto permanecia ali. Ela se movimentou ao acaso pelo aposento, mudando de lugar dois ou três objetos sobre as mesas, mas nada fez além disso. De repente, ele lhe disse:

— Em que direção ela estava indo quando você saiu?

— Ela, a mulher que vimos?

— Sim, a estranha amiga de seu marido. É um detalhe que me-rece atenção.

Não tinha nenhuma intenção de assustá-la; queria apenas trans-mitir-lhe o impulso que a faria dizer: "Ah, poupe-me — poupe-me! Não existia essa pessoa."

Em vez disso, a Sra. Capadose retrucou:

— Ela estava se afastando de nós, atravessando a estrada. Estávamos indo na direção da estação.

— E ela pareceu reconhecer o coronel? Ela olhou a sua volta?

— Sim, ela olhou a sua volta, mas não dei muita atenção. Um cabriolé se aproximou e nós entramos nele. Foi só então que Clement me disse quem era ela: eu me lembro de ouvi-lo dizer que não era de se esperar nada de bom da presença dela. Acho que deveríamos ter voltado.

— Sim, teriam salvo o quadro.

Por um momento, ela nada disse; então sorriu.

— Sinto muito por você. Mas deve se lembrar de que possuo o original!

A isso, Lyon reagiu, afastando-se.

— Bem, preciso ir — disse.

E deixou-a sem qualquer palavra de despedida, tomando o caminho para sair da casa. Enquanto descia lentamente a rua, voltou-lhe à mente a noção que tivera naquele primeiro vislumbre dela em Stayes — o modo como a vira olhar através da mesa na direção do marido. Lyon se deteve na esquina, olhando vagamente de um lado para o outro. Jamais voltaria — não seria capaz disso. Ela ainda estava apaixonada pelo coronel — ele a havia treinado muito bem.

1889

O Holbein de Beldonald

I

A SRA. MUNDEN ainda não tinha vindo ao meu estúdio sob pretexto algum, quando, avisando que seria bastante franca a respeito, me disse que estaria disposta — se eu pelo menos me dignasse a, como ela falou, dar o primeiro passo — a deixar que eu pintasse sua linda cunhada. Não cabe aqui me alongar, mais do que o necessário, a propósito da Sra. Munden, a qual, diga-se de passagem, seria uma história à parte. Ela tem um jeito todo peculiar de expor as coisas, e algumas ela expôs para mim! Nas entrelinhas, sugeria o fato de que Lady Beldonald não apenas vira e admirara alguns exemplos do meu trabalho, como também fora literalmente tomada por uma simpatia em relação à "personalidade" do pintor. Tivesse me deixado impressionar por essa informação, poderia facilmente imaginar que a própria Lady Beldonald estava dando esse primeiro passo na *minha* direção.

— Ela não fez — disse a minha visita — o que devia.

— Quer dizer que ela fez o que não devia?

— Nada de terrível, oh, não, meu caro. — E algo no tom da Sra. Munden, no jeito como ela parecia estar perdida em seus pensamentos por um momento, até sugeria para mim que o que ela "não devia" talvez fosse algo que tivesse negligenciado. — Ela não se adaptou bem.

— Qual é o problema com ela?

— Bem, para começar, ela é americana.

— Mas pensei que fosse a melhor das maneiras de ser bem-sucedida.

— É apenas uma delas. Mas é também uma das maneiras de alguém ficar terrivelmente deslocado. Há tantas!

— Tantas americanas? — perguntei.

— Sim, um monte *delas* — suspirou a Sra. Munden. — Tantas maneiras, quero dizer, de ser uma delas.

— Mas se o jeito da sua cunhada consiste em ser bonita...?

— Ah, também há diferentes maneiras de ser isso.

— E ela não adotou o jeito certo?

— Bem — retrucou minha amiga, como se fosse algo muito difícil de se expressar —, ela não se deu bem com isso...

— Estou vendo — ri — o que não devia ter feito!

A Sra. Munden, de certa forma, me corrigiu, mas *era* difícil de expressar.

— Meu irmão, em todo caso, era certamente egoísta. Até morrer, raramente vinha a Londres; passavam o inverno no sul da França, ano após ano, cuidando de sua saúde — o que não o ajudou em nada, já que chegou ao fim muito cedo — no lugarejo mais enfadonho que poderiam ter encontrado e, quando voltaram à Inglaterra, sempre a mantinha no campo. Em seu favor, devo dizer que ela sempre se comportou maravilhosamente. Desde que ele morreu, ela tem permanecido com maior frequência em Londres, mas numa situação estupidamente mal resolvida. Não acho que ela compreenda. Ela não tem o que *eu* chamaria de vida. É claro, pode ser que ela não queira ter uma. É exatamente isso que não consigo descobrir. Não compreendo o quanto ela sabe.

— Posso facilmente compreender — retruquei rindo — o quanto *você* sabe!

— Ora, você é terrível. Talvez ela esteja velha demais.

— Velha demais para quê? — insisti.

— Para nada. É claro que ela não é mais nem um pouquinho jovem; só é conservada. Ah, mas conservada como frutas em conserva, com xarope! Quero ajudá-la, no mínimo porque ela me irrita, e realmente penso que o meio que poderíamos encontrar seria com sua ajuda, na Academia, seria perfeito.

— Mas suponha — especulei — que ela irrite *a mim*.

— Ah, isso vai acontecer. Mas não vai tomar de você um dia inteiro de trabalho e não acontece de essas grandes beldades sempre..?

— *Você* não faz isso — interrompi.

De qualquer modo, vi Lady Beldonald mais tarde; chegou o momento em que sua parenta a trouxe, e então compreendi que a vida dela tinha o centro na própria ideia que fazia de sua aparência. Nada mais a seu respeito importava. Bastava saber disso para conhecê-la por inteiro. Ela é realmente, em determinado aspecto, uma criatura única — uma pessoa na qual a vaidade exerceu o estranho efeito de permanecer definitivamente nos limites do seguro e do razoável. Essa paixão certamente é tida, na maioria das vezes, como um princípio associado à perversão e à injúria, desviando do caminho aqueles que lhe dão ouvidos e acabando por conduzi-los, mais cedo ou mais tarde, para uma ou outra complicação; mas não havia conduzido essa dama a parte alguma — desde o primeiro momento de consciência, percebia-se, ela a manteve exatamente no mesmo lugar. Protegeu-a de qualquer perigo, tornando-a absolutamente respeitável e recatada. Se ela estava "conservada", como a Sra.

Munden a descreveu originalmente para mim, foi sua vaidade que agiu maravilhosamente — colocando-a há anos sob uma redoma de vidro e fechando hermeticamente o recipiente de modo a vedar toda e qualquer entrada de ar. Como não poderia ter ficado preservada quando seria possível quebrar os nós dos dedos nessa transparência sem conseguir rachá-la? E ela está conservada — e de modo incrível! Preservada dificilmente seria o termo apropriado para descrever a condição singular de sua aparência. Ela parece *naturalmente* nova, como se todas as noites tirasse fora seus olhos adoráveis, como que envernizados, e os colocasse na água. A solução estaria, percebi, em pintá-la *naquele* recipiente de vidro — façanha das mais tentadoras e sedutoras; reproduzir plenamente o vidro reluzente ali colocado e o efeito geral sugerindo uma vitrine.

Ficou acertado, ainda que não exatamente combinado, que ela posaria para mim. Se não ficou exatamente combinado, isso se deu porque, como me fizeram compreender desde o início, as condições para o nosso começo precisariam ser tais que excluiriam quaisquer elementos possíveis de perturbação, de modo que, resumindo, ela mesma deveria julgá-las absolutamente favoráveis. E parecia que essas condições podiam ser facilmente postas em risco. Subitamente, por exemplo, em um momento em que a estava esperando para um encontro — o primeiro — que eu havia proposto, recebi uma visita da Sra. Munden, que, às pressas, apareceu em nome dela para me informar que a ocasião não se revelava muito propícia e que não estava certa, no momento, de quando voltaria a ser. Nada, ela sentia, a tornaria conveniente, a não ser uma total ausência de qualquer preocupação.

— Ah, uma "total ausência" — eu disse — seria pedir muito! Vivemos em um mundo preocupante.

— Sim, e ela se sente exatamente assim, mais do que você poderia imaginar. É justamente por esse motivo que ela não deve sofrer, como está sofrendo agora, com certa aflição neste exato momento. Ela, é claro, deseja estar com a melhor aparência possível, e assim essa acaba por transparecer.

Balancei a cabeça.

— Nada afeta a aparência dela. Nada a atinge de maneira alguma. Nada chega *até* lá. Contudo, posso entender sua ansiedade. Mas de que aflição em particular se trata?

— Ora, da doença da Srta. Dadd.

— E quem diabos é a Srta. Dadd?

— Sua mais íntima amiga e constante companhia, a dama que estava conosco aqui no primeiro dia.

— Ah, a mulher negra e gorducha, que balbuciava de admiração?

— Essa mesma. Mas ela caiu doente semana passada, e pode muito acontecer de jamais vir a balbuciar novamente. Sentia-se muito mal ontem e não melhorou hoje, e Nina está bastante preocupada. Se algo acontecer à Srta. Dadd, ela terá de arrumar outra companhia, e, ainda que já tenha tido duas ou três antes, isso não vai ser tão fácil.

— Duas ou três Srtas. Dadd? Isso é possível? E ainda quer outra! — Agora me lembrava perfeitamente da pobre mulher. — Não, realmente não imaginaria que fosse conseguir outra. Mas por que é necessário uma sucessão delas para garantir a existência de Lady Beldonald?

— Não consegue imaginar? — A senhora lançou-lhe um olhar penetrante, mas impaciente. — Elas ajudam.

— Ajudam o quê? A quem?

— Ora, todo mundo. Por exemplo, a mim e você. A fazer o quê? Ora, ajudam a achar Nina maravilhosa. É para isso que Nina as mantém; elas servem de contraste, como acentos servem às sílabas, como termos para comparação. Fazem com que ela "se destaque".

É um efeito de contraste com o qual vocês, artistas, devem estar familiarizados; é o que uma mulher faz quando coloca uma faixa de veludo negro sob um enfeite com uma pérola que pode exigir, assim ela acredita, um pouco de realce.

Ponderei um pouco.

— Quer dizer que elas sempre têm de ser negras?

— Claro que não, querido; já as vi azuis, verdes, amarelas. Podem ser o que quiserem, contanto que também sejam outra coisa.

— Horrendas?

A Sra. Munden hesitou.

— Horrendas seria exagero. Na verdade, ela não faz questão de que sejam tão ruins assim. Mas, sim, que sejam sistemática, jovial e lealmente feias. É, na realidade, uma relação muito feliz. Ela as adora por isso.

— E elas adoram *Lady Beldonald* por quê?

— Ora, só pela amabilidade que inspiram nela. E também pelo "lar" de que desfrutam. Para elas, trata-se de uma carreira.

— Entendo. Mas, se é assim — perguntei —, por que é tão difícil encontrá-las?

— Ah, elas devem ser de confiança; tudo consiste nisto: ela precisa confiar que serão fiéis aos termos do acordo e, sem jamais incorrerem em momentos em que se elevem — como ocorre, às vezes, mesmo com a mulher mais feia (digamos, como quando estão apaixonadas) — acima de si mesmas.

Olhei a coisa pelo outro lado.

— Então, se são incapazes de inspirar paixões, as coitadas não podem sequer pelo menos senti-las?

— Ela desaprova expressamente isso. É por isso que um homem como você pode vir a ser, afinal de contas, uma complicação.

Continuei a ponderar.

— Tem certeza absoluta de que a doença da Srta. Dadd não resultou de uma afeição que, uma vez sufocada, ficou entalada?

Minha piada, contudo, fora feita no momento mais impróprio, pois depois soube que o estado da infeliz, no momento mesmo em que eu falava, já desautorizava qualquer esperança. Haviam surgido os piores sintomas; ela não estava fadada a se recuperar; e, uma semana mais tarde, soube pela Sra. Munden que ela de fato não "balbuciaria" nunca mais.

II

TUDO ISSO representara para Lady Beldonald uma agitação tão grande que o acesso a seus aposentos por algum tempo fora negado até mesmo a sua cunhada. Estava, portanto, ainda mais fora de questão, é claro, que ela expusesse seu rosto a alguém, justamente da minha profissão. Desse modo, a questão do retrato ficara, de comum acordo, adiada até a instalação de uma sucessora para sua falecida acompanhante. Essa sucessora, concluí pelas informações da Sra. Munden, precisaria necessariamente ser viúva, sem filhos, e sozinha, assim também como sem habilidade para realizar pequenas tarefas; um *alter ego* relativamente modesto para lidar com criados, cuidar das contas, preparar o chá e acender as luzes. Nada parecia mais natural que ela se casasse de novo e, obviamente, isso poderia acontecer; contudo, as antecessoras da Srta. Dadd haviam convivido com um primeiro marido, e outras formadas à sua imagem poderiam vir a ser contemporâneas de um segundo marido. De qualquer maneira, durante esses meses, eu estava bastante ocupado, de modo que perdi de vista por algum tempo essas questões e suas ramificações, e elas só vieram a despertar novamente minha atenção com uma visita da Sra. Munden certo dia, trazendo a notícia de que tudo voltara a ficar bem — sua cunhada contava novamente com uma companhia. Certa Sra. Brash, uma parenta americana a quem não via há anos, mas com quem continuara a se comunicar, estava vindo ao seu encontro imediatamente e, ao que parecia, era possível confiar que essa pessoa atenderia às condições necessárias. Ela era feia — feia o suficiente, sem exageros — e infinitamente boa. A posição que Lady Beldonald lhe oferecia, além disso, era exatamente do que necessitava; também viúva, depois de muitas peripécias e contratempos, com sua fortuna minguada e seus muitos filhos, ou enterrados ou já fora de casa, ela nunca havia encontrado tempo para vir à Inglaterra, e ficaria realmente muito agradecida, já em seus últimos anos, em desfrutar dessa nova experiência e contar com um trabalho leve e agradável associado à hospitalidade de sua prima. Tinham sido muito próximas no início de suas vidas e Lady Beldonald gostava imensamente dela — teria mesmo acertado o arranjo antes, não estivesse a Sra. Brash presa por obrigações familiares tão variadas quanto suas atribulações. Ouso dizer que ri ao ouvir minha amiga usar o termo "posição" — a posição, poderíamos dizer, de um castiçal ou de um poste, e ouso acrescentar que indaguei se haviam explicado claramente à pobre dama a natureza do serviço que deveria prestar. A Sra. Munden deixou-me, em todo caso, com a cômica imagem dela viajando pelo oceano, plenamente consciente e resignada a desempenhá-lo.

O propósito da conversa, contudo, era comunicar que minha modelo estava novamente bem-disposta e, uma vez providenciados os detalhes da chegada e das instruções a serem dadas à Sra. Brash, ela, sem dúvida, estaria pronta para se encontrar comigo. A situação, até onde era do meu conhecimento, deve ter se resolvido de modo feliz, já que combinei com a Sra. Munden que nossa amiga, agora pronta para começar, mas desejando primeiramente ver as obras que eu havia realizado mais recentemente, deveria vir ao meu estúdio mais uma vez, numa última medida preliminar antes dos trabalhos. Um grande amigo meu, um pintor francês, Paul Outreau, estava naquela ocasião em Londres, e eu havia proposto, já que ele se mostrava muito interessado em tipos, que se juntasse a nós para uma pequena recepção à tarde. Todos vieram, meu salão ficou repleto, houve música e uma modesta refeição; e não esqueci a luz de admiração no rosto expressivo de Outreau quando, ao fim de meia hora, ele me procurou, entusiasmado.

— *Bonté divine, mon cher, que cette vieille est donc belle!*

Havia procurado reunir todas as belezas que podia, e também toda a juventude, de modo que, por um momento, fiquei desorientado. Tinha falado com muitas pessoas e providenciado a música, e havia pessoas na multidão nas quais ainda não conseguia concentrar minha atenção.

— De que velha está falando?

— Não sei o seu nome; estava junto à porta há pouco. Perguntei a alguém e me disseram, acho, que era americana.

Olhei à minha volta e vi uma de minhas convidadas voltar seu belo par de olhos sobre Outreau, exatamente como se soubesse que deveria estar falando dela.

— Ah, Lady Beldonald! Sim, ela é bonita, mas a grande questão a seu respeito é que ela foi posta "em conserva", para se preservar, e que não ficaria nada lisonjeada se ouvisse você se referir a ela como velha. Uma lata de sardinhas só fica "velha" depois de aberta. Lady Beldonald nunca o foi, mas eu vou fazer isso — brinquei, porém fiquei um pouco desapontado. Era um tipo que não esperava que fosse escolhido por Outreau, dono de um faro infalível para o banal.

— Você vai pintá-la? Mas, meu caro, ela é pintada, de um jeito que nem eu nem você podemos fazer. *Où est-elle donc?* — Ele a tinha perdido, e eu vi que me enganara. — Ela é o maior de todos os maiores Holbeins.[2]

Fiquei aliviado.

— Ah, então não é Lady Beldonald! Mas então, sem saber, possuo mesmo um Holbein de preço inestimável?

— Lá está ela, lá está ela! Meu caro, meu caro, que cabeça!

E eu vi a quem se referia, e a quê: uma pequena velha senhora num vestido preto, com um toucado preto, amenizados por um pequeno detalhe em branco, e que havia claramente trocado de lugar para ocupar um canto do qual podia avistar uma área maior do salão e da cena que se apresentava diante dela. Parecia passar despercebida e não ter sido reconhecida, e imediatamente me dei conta de que algum outro convidado deveria tê-la trazido e, por falta de oportunidade, ainda não me havia chamado atenção para ela. Mas duas coisas, de uma só vez e simultaneamente àquela descoberta, me causaram forte impressão: uma delas, a verdade contida em sua descrição feita por Outreau, a outra, o fato de que a pessoa que a trouxera só poderia ser Lady Beldonald. Ela *era* um Holbein — da mais alta qualidade, mas também era a Sra. Brash, a peça importada destinada a servir de realce, o indispensável contraste, a sucessora da infeliz Srta. Dadd! Ao chegar àquela conclusão — o termo "americana", usado por Outreau, havia me ajudado —, já me havia familiarizado por completo com o seu rosto, na mesma medida em que fizera, na primeira ocasião, com o de sua protetora. Só que com um resultado de tal modo diferente que não me cansava de vê-la, e fiquei olhando e olhando até me dar conta de que ela me supunha cobrando-lhe alguma espécie de explicação pela sua presença ali sem que tivesse sido apresentada.

---

[2] Referência ao pintor alemão Hans Holbein (1497-1543). (*N. do T.*)

— No entanto — prosseguiu Outreau, igualmente impressionado —, *c'est une tête à faire*. Se pelo menos permanecesse por aqui
tempo suficiente para tentar fazer algo com ela! Mas, sabe de uma
coisa — e me segurou pelo braço —, vamos levá-la!

— Para onde?

— Paris. Ela faria um *succès fou*.

— Ah, obrigado meu caro — estava agora em condições de dizer.

— Ela é o que há de mais belo em Londres e — pois já vislumbrava
com certa intensidade o que poderia fazer com ela — eu me pro-
ponho a guardá-la só para mim.

Estava diante de mim de maneira intensa, à luz da distante
perfeição apresentada pelo pequeno e envelhecido rosto branco,
no qual cada ruga representava a pincelada de um mestre; no entanto havia algo mais, percebi de repente, igualmente intenso,
pois Lady Beldonald, em outro canto, e ainda que não pudesse ter
adivinhado o objeto de nossa atenção, continuava a nos observar
e, em seus olhos, via-se o desafio que percebemos nas mulheres de
alta posição quando sentem que algo lhes escapou. No momento
seguinte eu estava ao seu lado, desculpando-me primeiro por não
a ter procurado assim que chegou, mas acrescentando logo em
seguida, sem me controlar:

— Então, minha cara senhora, é um Holbein!

— Um Holbein? O quê?

— Ora, o maravilhoso rosto, vivo e maduro desenhado de modo
tão extraordinário e perfeito, emoldurado por aquele toucado preto.
Falo da Sra. Brash, não é esse seu nome?, sua acompanhante.

Este foi o início do mais estranho dos casos — a essência da minha história. E penso que a primeira nota de sua estranheza deve
ter soado para mim no tom com o qual aquela senhora falou depois
de me olhar em silêncio.

— A Sra. Brash não é minha "acompanhante" no sentido que parece estar se referindo. É uma parenta muito próxima e uma querida e velha amiga. Eu a adoro, e o senhor precisa conhecê-la.

— Conhecê-la? Claro! Basta vê-la para, na mesma hora, termos vontade de conhecê-la. Ela também precisa posar para mim.

— *Ela*? Louisa Brash?

Se Lady Beldonald sustentava a teoria de que, quando as coisas não iam bem com ela, isso transparecia diretamente em sua beleza, essa impressão, que a inabalável ternura de sua serenidade aos meus olhos até então não justificava de forma alguma, agora deixava entrever pela primeira vez seus motivos. Era como se jamais tivesse visto seu rosto ser invadido por algo que pudesse ser chamado de expressão. Essa expressão, além disso, era das mais sutis — parecia o efeito produzido na superfície por uma agitação a um só tempo profunda e confusa.

— Disse isso a ela? — perguntou rapidamente, como se para atenuar o tom de surpresa.

— Claro que não, acabei de perceber sua presença. Agora há pouco, Outreau chamou minha atenção para ela. Nós dois ficamos impressionados e ele também deseja...

— *Pintá-la*? — murmurou Lady Beldonald, sem conseguir se controlar.

— Não receie que venhamos a brigar por ela — retruquei com uma gargalhada provocada por seu tom de voz.

A Sra. Brash ainda continuava onde eu podia vê-la, sem dar a impressão de estar encarando-a fixamente, e sem que ela pudesse me perceber, ainda que isso dificilmente pudesse ter escapado à atenção de sua protetora.

— Precisamos nos revezar, e ela, de qualquer modo, é maravilhosa, de modo que, se a senhora for levá-la para Paris, Outreau promete que lá...

— *Lá?* — repetiu, com a voz entrecortada.

— Faria uma carreira ainda mais brilhante do que entre nós, já que, segundo ele, os franceses têm um olhar mais apurado do que o nosso. Ele garante que ela faria um *succès fou*.

Ela não conseguia lidar com a ideia.

— Louisa Brash? Em Paris?

— O olhar deles — exclamei — é mesmo mais apurado do que o nosso; e eles vivem muitíssimo bem disso, sabia? Mas ela vai fazer algo por aqui também.

— E o que ela vai fazer?

Falando agora com franqueza, não pude deixar de lançar sobre a Sra. Brash outro olhar demorado, de modo que, em seguida, não resisti a observar para a minha interlocutora:

— A senhora verá. Dê a ela apenas algum tempo.

Ela nada disse no momento em que seus olhos se encontraram com os meus. Mas então:

— Tempo, me parece, é justamente o que o senhor e o seu amigo desejam. Se ainda não conversou com ela...

— Não a vimos? Ah, mas basta vê-la e clique, é como uma mola. É o nosso ofício; é nossa vida; seríamos idiotas se cometêssemos erros assim. Esse é o jeito que vejo mesmo você, minha senhora, se é que posso me expressar assim; é desse jeito, com um grande alfinete atravessado em seu corpo; eu peguei você. E a peguei do mesmo jeito.

Tudo isso, por várias razões, havia deixado minha convidada em alerta, mas seus olhos, enquanto falávamos, nem uma única vez se voltou na direção dos meus.

— Você a chamou de um Holbein?

— Foi Outreau, e eu, é claro, reconheci na mesma hora. A *senhora* não acha? Ela dá vida nova ao velho gênio! É como se eu chamasse a senhora de um Ticiano. Você o traz novamente à vida.

Não seria possível dizer que ela tivesse relaxado, porque não se poderia dizer que ela tivesse assumido um tom mais rígido; mas, de alguma forma, algo parecia ter mudado nela — algo realmente desvinculado do que a havia sensibilizado.

— Não compreende que ela sempre foi considerada...?

Percebia-se um tom de impaciência; contudo, por algum escrúpulo, ela não deu continuidade.

No entanto, eu sabia muito bem do que se tratava, bem o bastante para lhe dizer se ela assim preferisse.

— Algo que não merecia ser olhado? Ser lamentavelmente sem graça, ou, se achar melhor, repugnantemente feia? Ah, sim, compreendo perfeitamente, da mesma forma que compreendo — faz parte do meu ofício — muitas outras formas de estupidez. Não chega a ser uma novidade que 99 em cada cem pessoas não tenham olhos, nenhuma sensibilidade, nenhum gosto. Há comunidades inteiras hermeticamente seladas. Não digo que sua amiga seja do tipo que faz os homens se voltarem para olhar para trás na Regent Street. Mas oferece uma alegria a mais aos poucos que efetivamente percebem que contam com isso só para eles. Onde diabos ela pode ter vivido? Precisa me dizer tudo a respeito, ou melhor, se ela for gentil o bastante, ela mesma deveria fazer isso.

— Quer dizer falar com ela...?

Ponderei enquanto ela recuava novamente:

— Sobre a sua beleza?

— A beleza dela! — gritou Lady Beldonald, tão alto que duas ou três pessoas se viraram para olhar.

— Ah, com toda precaução e respeito! — declarei num tom de voz muito mais baixo. Mas suas costas, àquela altura, já estavam voltadas para mim e, naquele movimento, na verdade, teve início um dos mais estranhos pequenos dramas de que tive conhecimento.

III

TRATAVA-SE DE um drama em torno de pequenas coisas suprimidas e intensamente íntimas, e eu conhecia apenas outra pessoa que estava a par daquele segredo. Mas essa pessoa e eu consideramos o caso merecedor de nossa observação, e o acompanhamos com interesse por meio da comunicação que mantínhamos, cada qual pelo seu lado, e da qual extraíamos grande parte de nossa diversão, e estávamos presentes quando da comovente catástrofe que dela resultou. O pequeno episódio — de fato, muito pequeno — havia provocado grandes consequências mesmo antes de minha modesta recepção se dispersar e, na realidade, passados apenas dez minutos.

Neste espaço de tempo duas coisas aconteceram; uma delas foi que travei conhecimento com a Sra. Brash e o outro foi que a Sra. Munden me procurou, abrindo caminho em meio às pessoas, com uma das habituais notícias que costumava transmitir. O que tinha a comunicar era que, ao perguntar há pouco a Nina se as condições para as sessões do retrato foram combinadas comigo, Nina retrucou, com um sentimento próximo da perversidade, que não estava disposta a combiná-las, que o caso todo estava novamente desmarcado, e que ela preferia, até segunda ordem, não ter pressa para acertar nada. A pergunta que a Sra. Munden se fazia agora era o que se passara e se eu havia compreendido. Ah, entendi perfeitamente e o que mais entendi a princípio, foi que, mesmo quando trouxe à baila o nome da Sra. Brash, a Sra. Munden ainda não estava a par de nada. Esta ficou tão surpresa quanto Lady Beldonald ao ver como estimava a aparência da Sra. Brash. Ficou estupefata ao tomar conhecimento de que, em meu entusiasmo, eu acabara de propor à sua proprietária que ela posasse para mim. Só que ela contornou imediatamente a situação — algo que Lady Beldonald nunca fez. Na realidade, a Sra.

Munden foi maravilhosa, pois, quando falei com ela rapidamente "Ora, ela é um Holbein, você sabe", na mesma hora foi em frente, depois de parecer ter perdido o pé por um breve instante, com um "Ah, é mesmo?", o qual, como um exemplo de ginástica social, depôs muito a seu favor; e ela foi, de fato, a primeira em Londres a espalhar a boa-nova. Como exemplo de uma reviravolta, aquilo foi magnífico. Mas ela também foi a primeira, devo acrescentar, a ver o que realmente aconteceria — ainda que ela só tenha me contado isso uma ou duas semanas mais tarde.

— Isso vai matá-la, meu caro, é o que isso vai fazer.

Queria dizer, nada mais, nada menos, que, se eu viesse a pintar a Sra. Brash, isso mataria Lady Beldonald; foi a esse ponto sombrio que havíamos chegado num período tão curto. Cabia a mim decidir se minha necessidade estética de dar vida à minha ideia era tamanha que justificasse a destruição pelas minhas mãos de uma mulher que, afinal, aos olhos da maioria, era tão linda. A situação era, no final das contas, suficientemente estranha; pois me restava saber o que concretamente ganharia por desistir da Sra. Brash. Em todo caso, parecia ter perdido Lady Beldonald, agora "aflita" demais — era a palavra que a Sra. Munden sempre usava quando se referia a ela e, como eu deduzia, para se referir a si mesma — para se encontrar comigo, de acordo com o que havíamos acertado anteriormente. A única coisa a fazer, logo percebi, era contemporizar — deixar a coisa toda de lado até segunda ordem, mas, ainda assim, na medida do possível, sem perder de vista as duas. Posso adiantar que esse plano e seu desdobramento renderam o principal fruto nos meses seguintes. A Sra. Brash tinha aparecido, se bem me lembro, logo no início do ano, e sua pequena e brilhante carreira foi uma das atrações da temporada seguinte no interior de nosso círculo. Em todo caso, foi para mim das mais interessantes; não é culpa minha se costumo encontrar mais vida em situações obscuras e duvidosas do que no

192

estrépito vulgar dos acontecimentos que ocupam o centro das atenções. E havia todo tipo de coisas, coisas comoventes, divertidas, intrigantes — e, acima de tudo, um caso que nunca havia presenciado antes na história curiosa dessa conveniente prima americana. A Sra. Munden imediatamente concordou comigo quanto à sua raridade e, numa visão humana e mais próxima, quanto à beleza e ao interesse apresentados pela situação. Nenhum de nós dois tínhamos visto antes um sucesso pessoal tamanho e de um tipo tão peculiar ser obtido por uma mulher pela primeira vez e num período tão tardio da vida. Considerei aquilo um exemplo de justiça poética, absolutamente retributiva, de modo que só aumentou meu desejo de trabalhá-lo, como se diz, segundo essas linhas. Tinha percebido tudo isso desde o momento inicial em meu estúdio; a pobre senhora jamais havia desfrutado de um momento de admiração — além disso, diga-se em boa-fé, ela jamais tinha sentido falta disso. A primeira coisa que fiz logo depois de provocar, de modo absolutamente involuntário, a reação rancorosa de sua protetora, foi abordá-la diretamente e anunciar sem mais rodeios que ficaria encantado se ela se dignasse a posar para mim durante algumas sessões. Na mesma hora, eu me vi cara a cara com seu passado nebuloso e a revelação completa, ainda que em esboço, daquilo que, entre nós, todos sabíamos que a aguardava. Na mesma hora, o gesto de acionar a manivela e dar início a essa melodia surgiu diante de mim como uma tentação. Ali estava uma pobre senhora que havia esperado pela chegada da última fase da vida para descobrir seu verdadeiro valor. Ali estava uma criatura abençoada à qual estava prestes a ser revelado, em seu quinquagésimo sétimo ano (estava ainda por descobrir isso), que possuía algo que poderia passar por um rosto. Ela aparentava ser bem mais velha e estava razoavelmente assustada — como se lhe estivessem possivelmente pregando uma peça típica da cidade desalmada que era Londres — quando acolheu meu apelo. Isso serviu para me mostrar o ambiente no qual ela vinha vivendo e, como deveria ter ficado tentado a dizer, entre quais criaturas das trevas. Mais tarde, meu julgamento a respeito deles foi amenizado; eu vi com maior clareza que seus pontos favoráveis devem ter sido, em grande parte, produzidos pelo decorrer do tempo, e que ela talvez até mesmo em toda a sua vida nunca tenha desfrutado de uma aparência tão boa como a que possuía naquele preciso momento. Poderia ser que, se sua grande hora houvesse soado, tivesse ocorrido apenas de eu estar presente naquele momento. O que aconteceu, mesmo assim, foi, na pior das hipóteses, suficientemente cômico.

A famosa "ironia do destino" assume muitas formas, mas eu jamais tinha visto assumir uma como aquela. Ela havia sido "obtida" segundo determinado entendimento, e agora não estava jogando limpo. Tinha rompido a regra de sua feiura e se transformara numa beldade nas mãos de sua protetora. Talvez mesmo mais interessante do que uma visão do triunfo consciente que isso poderia antecipar para ela, e do qual, se duvidasse da minha própria opinião, ainda poderia recorrer à ótima posição de Outreau como sua garantia plena — mais interessante era a questão do processo pelo qual uma história como essa podia encenar a si mesma. O aspecto curioso era que, durante todo o tempo, os motivos para que ela tivesse passado por feia — as razões do cálculo ingênuo, que justificaram plenamente essa impressão — eram óbvios, e seus indícios tão claramente manifestos que era fácil entender que ela só tivesse olhos para eles. O que era então que tornava a frase tão rançosa algo de diferente? Em que combinações, em que linguagem extraordinária, desconhecida, porém na mesma hora compreendida, o tempo e a vida a haviam traduzido? A única coisa que restava ser dita era que o tempo e a vida eram artistas que derrotavam a todos nós, trabalhando com receitas e segredos que jamais conseguimos descobrir. Eu realmente precisaria, como um palestrante ou um apresentador, de um diagrama ou de um quadro-negro para mostrar da maneira apropriada, naquele rosto maravilhoso, envelhecido, terno, castigado, esmaecido, a relação ali existente entre os elementos originais e o "estilo" final e refinado. Poderia fazê-lo com pedaços de giz, mas dificilmente conseguiria de outro modo. Contudo, para qualquer artista digno desse nome, a questão era *senti-lo* — o que fiz de maneira abundante e de modo a não lhe esconder que havia sentido. Mas, para lhe fazer justiça, ela foi realmente a última a compreender; e não estou de todo certo que, até o final — pois houve um final —, ela tenha chegado a entender ou a ter noção da situação em que se encontrava. Quando se foi educado durante cinquenta anos para só ver preto, deve ser difícil ajustar seu organismo ao dourado. Sua natureza inteira havia sido formada ao som de uma única nota, a da sua suposta feiura. Ela soubera como ser feia — era a única coisa que tinha aprendido, exceto, se possível, como não se importar com isso. Ser maravilhosa, em todo caso, exigia outro conjunto inteiramente diferente de músculos. Foi de acordo com a teoria anterior, literalmente, que ela escolhera seu admirável guarda-roupa, instintivamente apropriado, sempre em preto ou branco, e num espírito severamente convencional. Era magnificamente elegante; tudo que ela mostrava tinha um jeito de parecer, a um só tempo, velho e novo; e em todas as ocasiões lá estava sempre a mesma figura em sua cabeça envolta no toucado — no drapejado preto que caía — e também as mesmas tranças brancas (de algum modo, como o branco de um pintor) dispostas sobre seu peito. O que ocorrera era que esses arranjos, impostos por determinadas considerações, acabavam se revelando mais eficazes, atendendo a outras, diferentes. Adotados como um tipo de refúgio, tinham servido apenas para enfatizar o realce sobre sua aparência. Singular, além disso, era o fato de que, apesar de assim se ter formado, nada havia em seu aspecto de uma asceta ou de uma freira. Ela era uma boa e sólida figura do século XVI, não tornada murcha pela inocência, mas sim esmaecida pela vida ao ar livre. Ela era, em síntese, o que nós havíamos feito dela: um Holbein para um grande museu. E nossa posição, minha e da Sra. Munden, tornou-se rapidamente a de pessoas que dispunham de um enorme tesouro para se desfazer. O mundo — eu falo, é claro, do mundo da arte — acorreu para vê-la.

IV

— MAS A COITADA faz alguma ideia da situação?

Foi desse modo que coloquei a questão para a Sra. Munden em nosso primeiro encontro depois do incidente em meu estúdio; com a consequência, entretanto, de fazer minha amiga pensar que eu me referia à possível previsão por parte da Sra. Brash dos rumores que ela poderia provocar. Tinha minha própria noção a esse respeito — a de que a previsão havia sido nula; o que estava em questão era a consciência que tinha do serviço que Lady Beldonald esperava dela, serviço para o qual estávamos prestes a torná-la completamente imprestável.

— Bem, acho que ela chegou a formar uma noção razoável — retrucara a Sra. Munden diante da minha explicação —, já que também é inteligente, além de bonita, e não vejo como, conhecendo realmente Nina, ela poderia ter imaginado, por um momento sequer, que tivesse sido escolhida por outro motivo. Além disso, ela não foi sempre criada com a ideia de que era feia demais para fazer qualquer outra coisa?

Mesmo até aquele momento, já tinha sido fantástico o modo como minha amiga dominara o caso, e que luzes, tanto do seu passado como do seu futuro, fora capaz de lançar sobre ele.

— Se ela própria viu a si mesma como feia demais para qualquer coisa, viu a si mesma — e essa era a única maneira — como feia o bastante para Nina; e teve sua própria maneira de demonstrar que compreende, sem forçar Nina a tomar qualquer atitude vulgar. Mulheres sempre encontram maneiras de fazer coisas assim — tanto para comunicar quanto para receber uma informação —, maneiras que não consigo explicar a você e que você não entenderia se eu conseguisse, já que seria preciso ser uma mulher até para entender. Ouso dizer que explicaram tudo uma para a outra simplesmente na linguagem dos beijos. Mas, de qualquer jeito, isso não torna a relação entre elas maravilhosa, isto é, sob o efeito da nossa descoberta?

Ri ao ouvi-la usar o possessivo no plural.

— A questão, claro, é que, se houve uma negociação consciente e nossa ação sobre a Sra. Brash vier a privá-la do bom-senso de cumprir sua parte no acordo, várias coisas podem acontecer, coisas que podem não ser boas nem para ela nem para nós. Ela pode, em plena consciência, descartar sua posição.

— Sim — ponderou minha companhia —, pois ela é conscienciosa. Ou então Nina, sem esperar por isso, pode rejeitá-la.

Avaliei a situação de frente.

— Então, *nós* teríamos de mantê-la.

— Como uma modelo, em bases regulares. — A Sra. Munden estava pronta para tudo. — Ah, isso seria maravilhoso!

Mas continuei a elaborar os desdobramentos.

— A dificuldade é que ela não é uma modelo; é boa demais para ser uma, ela mesma é a própria coisa em si. Quando Outreau e eu tivermos trabalhado com ela, isso será tudo; não vai sobrar nada para mais ninguém. Portanto, cabe a nós compreender que nossa atitude exige uma grande responsabilidade. Se efetivamente não pudermos fazer por ela mais do que Nina faz...

— Devemos deixá-la sozinha, então? — minha amiga continuou a refletir. — Entendo!

— E, ainda sim — retruquei —, não entende muito. Podemos fazer mais.

— Mais do que Nina? — ela voltava ao centro das atenções. — Não seria, afinal, tão difícil. Queremos simplesmente o exato oposto, o que é a única coisa que a pobrezinha pode dar. A não ser que — ela sugeriu — simplesmente batamos em retirada.

Rejeitei a ideia.

— É tarde demais para isso. Se a Sra. Brash perdeu a paz de espírito, não sei. Mas Nina com certeza sim.

— Sim, e não há como devolvê-la sem sacrificar sua amiga. Não podemos recuar e dizer que a Sra. Brash é feia, podemos? Mas imagine que Nina não tenha *visto* isso! — exclamou a Sra. Munden.

— Ela não vê isso agora — respondi. — Ela é incapaz, estou certo disso, de compreender do que se trata. A mulher *ainda* continua a ser o que sempre foi. Mas ela sofreu um golpe, e sua cegueira, enquanto está cambaleando e tateando na escuridão, apenas aumenta seu desconsolo. O que doeu nela foi ver a atenção do mundo se desviar para outro ponto.

— De qualquer modo, você sabe, não acho — disse minha interlocutora — que Nina vá fazer uma cena com ela, ou seja lá o que se faz nessas ocasiões, se é que vai fazer alguma coisa. Não é assim que as coisas acontecem, pois ela é tão conscienciosa quanto a Sra. Brash.

— Então como acontecem? — perguntei.

— A coisa vai acontecer em silêncio.

— E que "coisa", como você chama, vai ser essa?

— Não é o que realmente queremos ver?

— Bem — retruquei depois de pensar um momento —, queira-mos ou não, será exatamente o que *vamos* ver; o que é uma razão a mais para imaginarmos, aqui entre nós — naquela casa silenciosa, elegante, e sendo as duas cheias de superioridades e supressões como elas são —, essa extraordinária situação. Se acabei de dizer há pouco que era tarde demais para qualquer outra coisa, a não ser aceitar, é porque avaliei a devida dimensão do que ocorreu no meu estúdio. Bastaram alguns poucos momentos, mas ela provou daquele fruto.

— Nina? — especulou minha companhia.

— A Sra. Brash.

E ter colocado a situação naqueles termos, enquanto voltava a refletir um pouco, inspirou uma espécie de agitação. Nossa atitude implicava uma espécie de responsabilidade.

Mas eu havia sugerido algo mais à minha amiga, que, por um momento, pareceu distante.

— Acha que ela a odiará ainda mais se *não conseguir ver*?

— Lady Beldonald? Ela não vê o que *nós* vemos? Ah, eu desisto dessa! — Eu ri. — Mas o que posso revelar é o motivo de eu achar que, como acabei de dizer, podemos fazer mais do que isso. Podemos fazer o seguinte: dar a uma criatura inofensiva e sensível até então praticamente deserdada — e dar de uma forma inesperada, o que aumentará enormemente seu valor — o puro prazer de aspirar profundamente o sabor do maior orgulho que pode existir na vida, a aclamação de um triunfo pessoal em nosso círculo superior, sofisticado.

A Sra. Munden pareceu brilhar ao reagir à minha súbita elo-quência.

— Ah, será maravilhoso!

V

Bem, isso foi tudo, de modo geral, e a despeito de tudo, o que realmente aconteceu. O fato fez descer à minha memória uma pequena e expressiva galeria de imagens, um panorama dessas ocasiões que eram a prova do privilégio que, por um momento — nas palavras que acabei de registrar —, me havia tornado lírico. Vejo a Sra. Brash em cada uma dessas ocasiões praticamente entronizada e cercada e mais ou menos rodeada; vejo os que se apressam, se acotovelam, se empurram e que a olham com admiração; vejo as pessoas se preparando e sendo apresentadas; e pegando no ar a palavra ao ver chegar sua vez; ouvindo, por cima de tudo, a maior de todas — "Ah, sim, o famoso Holbein!" — sendo passada adiante com essa perfeita presteza que transforma com tanta felicidade os movimentos da mente londrina numa espécie de mistura entre um papagaio e uma ovelha. Nada seria mais fácil, é claro, do que contar essa pequena história olhando apenas para seu lado tolo. Era grande a tolice, mas grande também, no caso da pobre Sra. Brash, eu diria, era sua boa índole. É claro que, além disso, só mesmo o "nosso grupo", com seu horror absolutamente infantil pelo *banal*, seria capaz de ser tão tolo ou tão sensato; ainda que, na realidade, nunca tenha descoberto onde começa ou acaba nosso grupo, e tendo de me contentar a esse respeito com a indicação que certa vez me foi dada por uma senhora sentada ao meu lado durante um jantar: "Ah, ao norte tem sua fronteira em Ibsen e, ao sul, em Sargent!"[3] A Sra. Brash jamais posou para mim; recusou o convite de modo enfático. E quando declarou que para ela bastava simplesmente o

---

[3]Referência ao dramaturgo norueguês Henrik Ibsen e ao pintor norte-americano John Singent Sargent. (*N. do T.*)

fato de eu a ter convidado daquela maneira precipitada, acreditei em suas palavras ao pé da letra, pois, antes que tivéssemos ido muito longe, o entendimento entre nós dois já era completo. Em seu comportamento, mostrava-se feliz na mesma medida que seu sucesso era prodigioso. O sacrifício em relação ao retrato era um sacrifício à verdadeira sensibilidade interior de Lady Beldonald, e na época contribuiu muito, pude adivinhar, para amortecer a tensão doméstica. Portanto, tudo o que estava em seu poder dizer era que — e eu soube de poucos casos em que ela tivesse dito — estava certa de que eu a teria pintado magnificamente se ela não me tivesse impedido. Não podia sequer dizer a verdade, ou seja, que eu certamente teria feito isso não fosse por Lady Beldonald; e ela nunca podia chegar a mencionar o tema diante do personagem. Naturalmente, só posso descrever o caso como que visto de fora, e que Deus me perdoe se tentasse reconstituir com empenho excessivo o possível estranho relacionamento entre essas duas boas amigas em sua casa.

Minha história, contudo, perderia metade de todo sentido se eu viesse a omitir qualquer menção à encantadora reviravolta que nossa lady parecia gradualmente ter-se resolvido a aplicar a sua conduta. Tinha tornado impossível que eu trouxesse novamente à baila nosso antigo entendimento inicial, mas havia uma autêntica distinção em seu modo de agora aceitar outras possibilidades. Que eu lhe faça essa justiça: deve ter sido enorme o esforço que fez para manter alguma magnanimidade. É claro que não poderia deixar de haver maneiras pelas quais a pobre Sra. Brash viesse a pagar por aquilo. O quanto ela teve de pagar, na verdade, logo viríamos a descobrir; e é minha convicção íntima que, como um clímax, sua própria vida acabou sendo este preço. Mas, pelo menos enquanto ela viveu — e foi com uma intensidade, naquelas semanas extraordinárias, com a qual jamais teria sonhado —, a própria Lady Beldonald foi forçada a enfrentar as consequências de seus atos. Era a isso que me referia como as possibilidades, decorrentes das duras realidades que havia aceitado. Ela levou nossa amiga pela cidade, mostrou-a em casa, jamais tentou escondê-la ou traí-la, não pregou com ela nenhuma peça de qualquer tipo enquanto durou sua provação. Bebeu até o fim, por sua vez, daquele cálice — o cálice que, aos seus lábios, não poderia deixar de ter um sabor amargo. Acredito não que tenha existido sequer um sucesso especial vivido por sua acompanhante ao qual não estivesse presente pessoalmente. Contudo, a teoria da Sra. Munden sobre o silêncio em que tudo aquilo seria abafado para elas foi fartamente confirmada por nossas observações. A coisa toda teria de resultar na morte de uma ou da outra, mas elas nunca falaram a esse respeito durante o chá. Eu me lembro até mesmo que Nina chegou a ponto de me dizer certa vez, olhando-me no fundo dos olhos, de modo sublime:

— Eu compreendi o que queria dizer: ela é um quadro.

A beleza disso, além do mais, era que, eu estava convencido, ela não havia compreendido nada — as palavras expressavam simplesmente a hipocrisia refletida em um esforço feito em prol da própria virtude. Ela não poderia de modo algum ter compreendido; sua amiga continuava, como sempre, a ser para ela tão "horrivelmente feia" quanto antes; deve ter continuado até o final a imaginar o que diabo nos havia possuído. Afinal de contas, não teria sido exatamente essa sua incapacidade de ver, em síntese, essa suprema estupidez, que manteve ao largo a catástrofe? Para ela, havia certo sentido de grandeza em ver tantos de nós tão absurdamente equivocados; e lembro-me de que, em várias ocasiões, em particular quando ela murmurou as palavras mencionadas acima, essa absoluta serenidade, como um indício de alívio de seu sofrimento, talvez até mesmo do esforço de sua consciência, ela fez algo bem visível aos meus olhos e algo também bastante incomum, enfatizando a beleza de seu rosto. Realmente parecia elevar-se graças a ele — um caráter sublime se manifestando de forma tão nítida que me lembro de ter-lhe dito, de forma bastante estranha, direta e divertida:

— Sabe que acho que poderia pintá-la *agora*?

Ela foi uma tola por não ter reatado comigo ali naquela hora, pois o que aconteceu desde então acabou por mudar tudo — o que estava por acontecer um pouco depois era muito mais do que eu poderia aceitar. Esse fato foi o desaparecimento do famoso Holbein de um dia para o outro — produzindo uma consternação entre nós tão grande quanto a provocada pelo súbito sumiço da Vênus de Milo do interior do Louvre.

— Ela simplesmente a mandou de volta.

A explicação foi transmitida dessa maneira pela Sra. Munden, acrescentando que qualquer corda, quando esticada demais, acabava por arrebentar. Em todo caso, quando ela se rompeu, experimentamos um sobressalto, pois a obra-prima com a qual vínhamos convivendo por três ou quatro meses havia feito com que sentíssemos sua presença como uma lição luminosa e uma necessidade diária. Reconhecemos mais do que nunca que aquela fora, por seu refinado acabamento, a joia de nossa coleção — e descobrimos que enorme espaço branco na parede ela havia deixado. Lady Beldonald poderia preencher este espaço, mas *nós*, não. O fato de ela realmente logo o ter preenchido — e só Deus sabe *como* — veio a ser do meu conhecimento depois de um intervalo de tempo não muito longo, mas durante o qual eu não a tinha visto. No Natal do ano passado, jantei na casa da Sra. Munden, e Nina, com um grupo de convidados recrutados "só Deus sabe como", no dizer de nossa anfitriã, estava lá, e como a espera por uma conversa preliminar estivesse se prolongando demais, ela se aproximou de mim delicadamente.

— Vou amanhã, se você quiser — disse ela.

E o resultado disso, depois de um olhar na direção dela, foi me fazer olhar em volta. Com esses dois movimentos, consegui duas coisas: uma foi que, mesmo tão satisfeita da alta posição de que novamente desfrutava, ela não conseguiria de mim nada comparável ao que teria obtido se tivesse me abordado no encontro em que fez sua inequívoca concessão; a outra era que ela estava novamente acompanhada, e que a sucessora da Sra. Brash se encontrava plenamente instalada. Esta se encontrava do outro lado do aposento, e eu me dei conta de que a Sra. Munden estava esperando que meus olhos a procurassem. Adivinhei o motivo da espera; o que seria dito dessa vez? Ah, em primeiro lugar, com certeza, que era imensamente cômica, pois agora não poderia haver nenhum mal-entendido. A senhora para a qual ergui os olhos, e para a qual meu amigo, agora novamente perplexo, me socorreu com uma fórmula, estava tão longe de ser um Holbein, ou um espécime de qualquer outra escola, quanto a própria Lady Beldonald de ser um Ticiano. A fórmula era fácil de ser compreendida, pois o curioso era que sua beleza — sim, literalmente, fantasticamente, sua beleza — era de uma natureza diferente. Lady Beldonald tinha sido magnífica — fora quase inteligente. A senhorita seja-lá-qual-era-o-nome continua a ser bonita, continua até mesmo a ser jovem, mas sem que isso altere minimamente a situação! Ela tem tão pouca importância, de um modo ideal, que Lady Beldonald se encontra em maior segurança, penso eu, do que jamais esteve. Nem mesmo o mais discreto rumor chegou a ser inspirado por essa pessoa, e acredito que sua protetora tenha ficado muito surpresa por não termos ficado ainda mais impressionados.

De qualquer modo, a mim, é completamente impossível determinar com exatidão em que dia recebi a proposta de Nina; e o curso dos acontecimentos desde então não acelerou minha ânsia a esse respeito. A Sra. Munden continuou a se corresponder com a Sra. Brash — entenda-se, ao longo de três cartas, e ela me mostrou cada uma delas. De tal forma elas nos falaram à imaginação ao contar sua singela e terrível história para a qual já estávamos meio preparados — ou pensávamos estar — para sua saída de cena, como uma vela apagada por um sopro. Ao retornar à sua condição anterior, ela resistiu por menos de um ano; o ato de saborear o fruto, como eu havia chamado, fora fatal para ela; sem aquilo, vivera durante meio século razoavelmente satisfeita, agora, sem isso, não conseguia viver nem mais um único dia. Nada sei sobre sua situação original — em alguma pequena cidade americana —, a não ser que ter voltado a ela equivalia claramente a haver abandonado a moldura em que se encontrava. Promovemos, eu e a Sra. Munden, uma pequena cerimônia fúnebre, ao conversarmos novamente e refletirmos a respeito do caso. A pequena cidade americana não era um mercado para Holbeins, e o que aconteceu foi que a pobre pintura antiga, uma vez banida de seu museu, e não inspirando qualquer menção de que poderia novamente ser exibida, foi capaz do milagre de operar uma revolução silenciosa, de, em sua hedionda desonra, virar a si mesma contra a parede. E assim ficou, sem contar com a intervenção de uma sombra sequer de um crítico, até que se dignassem a desvirá-la novamente, encontrando uma mera pintura morta. Bem, ela havia desfrutado, se é que isso chega a ser alguma coisa, sua temporada de fama, seu nome em mil línguas e impresso em maiúsculas no catálogo. A culpa não tinha sido nossa. Não conservo, mesmo assim, um esboço sequer dela — nem mesmo um rabisco que seja. E agi assim em relação a ela de propósito! A Sra. Munden continua a me lembrar, contudo, que essa não é a espécie de representação com a qual Lady Beldonald, por outro lado, está disposta a se contentar. Ela voltou a levantar a questão de seu próprio retrato. Então, que eu o faça de uma vez por todas! Já que ela *vai* ter afinal a coisa de verdade — bem, ela terá de pendurá-lo!

1903

Este livro foi impresso nas oficinas da
Distribuidora Record de Serviços de Imprensa S.A.
Rua Argentina, 171 – Rio de Janeiro, RJ
para a Editora José Olympio Ltda.
em setembro de 2012

*

80º aniversário desta Casa de livros, fundada em 29.11.1931